rororo rotfuchs
Herausgegeben von Ute Blaich und Renate Boldt

115.–122. Tausend September 1993

Originalausgabe
Veröffentlicht im Rowohlt Taschenbuch Verlag GmbH,
Reinbek bei Hamburg, November 1988

Umschlagillustration Amelie Glienke
rotfuchs-comic Jan P. Schniebel

Gesetzt aus der Garamond (Linotron 202)
Gesamtherstellung Clausen & Bosse, Leck
Printed in Germany
790-ISBN 3 499 20445 2

Angela Sommer-Bodenburg

Der kleine Vampir liest vor

Bilder von
Amelie Glienke

rororo

Rowohlt

Angela Sommer-Bodenburg: geboren 1948 in Reinbek bei Hamburg; Studium der Pädagogik, Soziologie und Psychologie, 12 Jahre Grundschullehrerin in Hamburg, lebt in Rancho Santa Fe, Kalifornien, USA.

Veröffentlichungen: «Der kleine Vampir» und «Anton und der kleine Vampir», 16 Bände, seit 1979; «Sarah bei den Wölfen», Gedichte, 1979; «Das Biest, das im Regen kam», 1981; «Ich lieb dich trotzdem immer», Gedichte, 1982; «Wenn du dich gruseln willst», 1984; «Die Moorgeister», 1986; «Coco geht zum Geburtstag», Bilderbuch, 1986; «Möwen und Wölfe», Gedichte, 1987; «Julia bei den Lebenslichtern», Bilderbuch, 1989; «Gerneklein», Bilderbuch, 1990; «Florians gesammelte Gruselgeschichten», 1990; «Schokolowski», 4 Bände, seit 1991.

Übersetzungen in 21 Sprachen.

Verfilmung: 13teilige internationale TV-Serie «Der kleine Vampir», 1986/87, auch in Belgien, England, Frankreich, Island, Italien, Schweden, Spanien; «Der kleine Vampir 2» 1992/93; Theaterstück «Der kleine Vampir», Uraufführung 1988 in Tampere, Finnland.

Hörspielkassetten: «Der kleine Vampir» und «Anton und der kleine Vampir», seit 1979.

Amelie Glienke: Studium der Malerei und freien Grafik bei Professor Georg Kiefer, Hochschule der Künste in Berlin; arbeitet als Grafikerin, Zeichnerin und (unter dem Namen HOGLI) als Karikaturistin in Berlin und hat zwei Kinder. Sie illustrierte u. a. die «Geschichten ab 3» von Hanne Schüler (rotfuchs 149, 267, 330, 397, 478), «Hexen hexen» von Roald Dahl (rotfuchs 587) sowie die «Stormy»-Bände von David Dorson (rotfuchs 665, 666, 667, 684, 699).

Dieses Buch ist für Burghardt den Treuen,
mit dem das Leben ein Tal der Freude ist –
für Katja
und für alle treuen Fans des kleinen Vampirs.

Angela Sommer-Bodenburg

Die Personen dieses Buches

Anton liest gern aufregende, schaurige Geschichten. Besonders liebt er Geschichten über Vampire, mit deren Lebensgewohnheiten er sich genau auskennt.

Antons Eltern glauben nicht recht an Vampire.

Antons Vater arbeitet im Büro, seine Mutter ist Lehrerin.

Rüdiger, der kleine Vampir, ist seit mindestens 150 Jahren Vampir. Daß er so klein ist, hat einen einfachen Grund: er ist bereits als Kind Vampir geworden. Seine Freundschaft mit Anton begann, als Anton wieder einmal allein zu Hause war. Da saß der kleine Vampir plötzlich auf der Fensterbank. Anton zitterte vor Angst, aber der kleine Vampir versicherte ihm, er habe schon

«gegessen». Eigentlich hatte sich Anton Vampire viel schrecklicher vorgestellt, und nachdem ihm Rüdiger seine Vorliebe für Vampirgeschichten und seine Furcht vor der Dunkelheit gestanden hatte, fand er ihn richtig sympathisch. Von nun an wurde Antons ziemlich eintöniges Leben sehr aufregend: der kleine Vampir brachte auch für ihn einen Umhang mit, und gemeinsam flogen sie zum Friedhof und zur Gruft Schlotterstein. Bald lernte Anton weitere Mitglieder der Vampirfamilie kennen:

Anna ist Rüdigers Schwester – seine «kleine» Schwester, wie er gern betont. Dabei ist Anna fast so stark wie Rüdiger, nur mutiger und unerschrockener als er. Auch Anna liest gern Gruselgeschichten.

Lumpi der Starke, Rüdigers großer Bruder, ist ein sehr reizbarer Vampir. Seine mal hoch, mal tief krächzende Stimme zeigt, daß er sich in den Entwicklungsjahren befindet. Schlimm ist nur, daß er aus diesem schwierigen Zustand nie herauskommen wird, weil er in der Pubertät Vampir geworden ist.

Tante Dorothee ist der blutrünstigste Vampir von allen. Ihr nach Sonnenuntergang zu begegnen, kann lebensgefährlich werden.

Die übrigen Verwandten des kleinen Vampirs lernt Anton nicht persönlich kennen. Er hat aber ihre Särge in der Gruft Schlotterstein gesehen.

Friedhofswärter Geiermeier macht Jagd auf Vampire.

Schnuppermaul kommt aus Stuttgart und ist Friedhofsgärtner.

O nein!

«Und Anton schläft immer noch?» Das war die Stimme von Antons Mutter.
Anton hörte sie merkwürdig gedämpft, wie aus großer Ferne.
«Ja! Wir sollten ihn ruhig noch ein bißchen schlafen lassen!» antwortete Antons Vater.
Anton schlug die Augen auf und blinzelte.
In seinem Kopf war eine eigenartige Leere, und sekundenlang wußte er nicht, wo er sich befand und was geschehen war. Vor sich sah er eine runde Öffnung, durch die helles Sonnenlicht fiel. Und seltsamerweise lag er nicht im Bett, sondern auf dem Boden...
Aber dann erinnerte Anton sich an alles:
Vor drei Tagen war er mit seinem Vater ins Jammertal gekommen, um hier Urlaub zu machen – sogenannten Aktivurlaub. Zu Weihnachten hatte er nämlich ein Zelt und einen Schlafsack bekommen – und einen Gutschein, auf dem stand: *Gutschein für einen Aktivurlaub. Einzulösen in den Frühjahrsferien.* Das war eine Idee von dem Psychologen Schwartenfeger gewesen, damit Anton nicht immer nur an seine Freunde, die Vampire, denken sollte. Und Anton durfte sich sogar das Urlaubsziel aussuchen! Er hatte sich natürlich für das Jammertal entschieden; denn seit die Vampire von Friedhofswärter Geiermeier aus ihrer heimatlichen Gruft vertrieben worden waren, wohnten sie in der Ruine im Jammertal.
So waren Anton und sein Vater mit der Eisenbahn bis Langer Jammer gefahren und dann zu Fuß weitergegangen. Im

Jammertal hatten sie eine Höhle – die Wolfshöhle – bezogen. Dreimal hatten sie dort nun schon übernachtet. Und vorgestern, beim ersten Rundgang durch die Ruine, hatte Antons Vater sich die Finger in der alten Orgel geklemmt.
Mit Schaudern dachte Anton daran zurück, wie abscheulich dunkelviolett die Finger seines Vaters gestern abend ausgesehen hatten ...
Und die gequetschten Finger mußten auch der Grund sein, daß Antons Mutter, die sich für einen Urlaub ohne fließend warmes Wasser nicht begeistern konnte und die deshalb gar nicht erst mitgefahren war, jetzt auf einmal draußen vor der Höhle stand. Vermutlich waren die Schmerzen so schlimm geworden, daß Antons Vater zu Hause angerufen und sie gebeten hatte, ihn abzuholen – ihn und Anton!
«O nein!» stöhnte Anton leise und biß sich auf die Lippen. Er wollte nicht weg aus dem Jammertal – weg von Rüdiger und Anna!
Als er sich in der Höhle umsah, stellte er mit Schrecken fest, daß sie schon fast leer geräumt war – bis auf seinen Schlafsack, die Turnschuhe mit den Socken und das Buch «Der Vampir – Wahrheit und Dichtung». Offenbar hatten Antons Eltern in ihrem Eifer bereits seinen Pulli und die Jeans eingepackt!
Voller Ingrimm dachte Anton, daß er dann wohl im Nachtanzug draußen herumspazieren sollte – da spürte er unter seinen Fingern etwas Rauhes, Zerschlissenes, das ganz gewiß nicht sein Nachtanzug war.
Fast hätte Anton aufgeschrien: Es war der Vampirumhang, in dem er gestern nacht, zusammen mit Anna, zur Ruine geflogen war!
Dort in der Ruine hatte ihm Rüdiger aus der *Chronik der*

Familie von Schlotterstein vorgelesen – und anschließend, nachdem Anton allein zur Wolfshöhle zurückmarschiert war, hatte er vor lauter Erschöpfung vergessen, den Vampirumhang auszuziehen und in der Felsnische vor der Höhle zu verstecken. Mit all seinen Sachen war er einfach in den Schlafsack gekrochen und eingeschlafen.
Hastig zog Anton den Reißverschluß bis unter sein Kinn. Und nun? Sollte er versuchen, sich hier im Schlafsack den Umhang abzustreifen? Aber in dem engen, dickgepolsterten Schlafsack war das leichter gedacht als getan!

Der arme Junge!

Während Anton sich noch abmühte, schaute plötzlich ein Kopf durch die runde Öffnung zu ihm herein, und mit freudiger Stimme sagte seine Mutter: «Anton!»
Dann kroch sie durch die Öffnung in die Höhle, kam auf ihn zu und wollte ihn umarmen. Doch krampfhaft hielt Anton von innen den Reißverschluß zu.
Sie stutzte: «Bist du krank?»
Schon legte sie ihm ihre Hand auf die Stirn. «Oh, Anton, du bist ja ganz heiß!»
Kein Wunder! dachte Anton. Aber er schwieg und biß die Zähne zusammen.
«Der arme Junge! Er hat bestimmt Fieber!» rief sie zu Antons Vater hinaus.
«Ich... ich hab kein Fieber!» widersprach Anton – nicht sehr überzeugend, wie er selbst merkte.

«Aber du bist ganz verschwitzt!» sagte sie, offenbar ernsthaft besorgt.
«Ich hatte einen aufregenden Traum», versuchte er sich herauszureden.
«Bestimmt wieder einen deiner gräßlichen Vampir-Alpträume!» meinte sie und fügte entschlossen hinzu: «Das ist noch ein Grund mehr, aus dieser gräßlichen Höhle auszuziehen. Hier muß man ja Alpdrücken kriegen! Wie gut, daß ich zwei helle und saubere Zimmer in einem Landgasthof für uns gefunden habe!»
«Landgasthof? Ich will in keinen Landgasthof!» murrte Anton.

Seine Mutter lachte.
«Drei Tage als Höhlenmenschen, und schon hat Vati eine schlimme Quetschung, du eine Grippe... Ich möchte nicht wissen, was noch alles passieren würde!»
«Vati hat sich die Finger nicht in der Höhle geklemmt!» entgegnete Anton.
«Und gewaschen habt ihr euch auch kein einziges Mal!» fuhr seine Mutter fort, ohne Antons Einwand zu beachten. «Aus deinem Schlafsack kommt ein Geruch wie... na, ich weiß nicht wie. Wahrscheinlich hältst du den Reißverschluß deshalb so fest zu! Jedenfalls wird es höchste Zeit, daß du ein Bad nimmst!»
«*Ich* habe mich gewaschen!» protestierte Antons Vater von draußen. «Im Fluß, wie sich das für einen Aktivurlaub gehört. Nur Anton nicht – dem war das Wasser zu kalt.»
«Nein, zu verschmutzt!» entgegnete Anton.
Dabei hatte er Mühe, nicht zu lachen. Wenn seine Mutter wüßte, daß es der Vampirumhang war, der so eigenartig roch!
«Na schön!» sagte sie. «Wenn du meinst, daß du *kein* Fieber hast, dann wirst du jetzt aufstehen, deinen Schlafsack nehmen und mitkommen! Vati wartet schon ungeduldig darauf, daß er zum Arzt gehen kann!»
Ihre Stimme klang gereizt, wie Anton mit Befriedigung feststellte. In seiner schwierigen Lage jedenfalls – mit dem Vampirumhang im Schlafsack – war ihm eine ungeduldige, entnervte Mutter viel lieber als eine überbesorgte, die kein Auge von ihm ließ!
Wenn er sie noch ein bißchen mehr ärgerte, würde sie bestimmt wütend aus der Höhle gehen, und genau das konnte Anton im Augenblick am besten gebrauchen!

«Ungeduldig?» meinte er gedehnt. «Eben hat Vati gesagt, ihr solltet mich lieber noch ein bißchen schlafen lassen.» Er gähnte demonstrativ. «Wie immer hat Vati recht!» erklärte er dann und schloß die Augen. «Ich bin wirklich sehr müde!»

«Müde? Daß ich nicht lache!» sagte seine Mutter, nun richtig gereizt. «Sieh doch zu, wie du allein zurechtkommst! Ich gehe jetzt vor die Höhle. Aber wehe dir, wenn du nicht in zehn Minuten nachkommst. Dann werden wir ohne dich abfahren!» Damit rauschte sie nach draußen – soweit man in der niedrigen Höhle von «rauschen» sprechen konnte.

Anton grinste. Ohne ihn abfahren – das glaubte sie ja selbst nicht! Obwohl... ihm, Anton, würde das sogar sehr recht sein! Schließlich war er für heute abend mit dem kleinen Vampir in der Burgkapelle verabredet, um mehr aus der *Chronik der Familie von Schlotterstein* zu erfahren.

Und Anton pflegte sich an seine Verabredungen zu halten – vor allem an die mit dem kleinen Vampir!

Er wartete, bis er seine Eltern leise miteinander sprechen hörte. Dann stand er auf, zog sich rasch den Vampirumhang aus und verstaute ihn im Schlafsack.

Aufatmend rollte er den Schlafsack zusammen. Er schlüpfte in die Turnschuhe, nahm sein Buch und den Schlafsack unter den Arm und kroch durch die Öffnung.

Kein Grund zum Weinen

Draußen sah er das Fahrrad, das sein Vater bei der Tankstelle in Langer Jammer geliehen hatte, bepackt mit ihren Rucksäcken am Baum lehnen.
Grinsend wandte er sich an seine Mutter. «Sagtest du nicht: ab*fahren*?»
«Ja, wieso?» antwortete sie.
«Na, mit dem vollgepackten Rad!» sagte er. «Das kann man höchstens noch schieben.»
«Sehr lustig!» sagte seine Mutter spitz. «Vielleicht erklärst du mir mal, wie ich mit dem Auto bis zu eurer abgelegenen Höhle fahren sollte!»
«Sollte?» erwiderte Anton hinterhältig. «Wer spricht denn von ‹sollte›?»
«Anton!» ließ sich sein Vater vernehmen. «Ich kann ja verstehen, daß du enttäuscht bist. Aber der Urlaub ist doch noch gar nicht vorbei! Wir ziehen nur um in einen schönen Landgasthof, den Mutti für uns gefunden hat. Da gibt es morgens warmen Kakao, ein gekochtes Ei, Honig, Marmelade, frische Brötchen – alles, was du willst!»
«Alles, was ich will?» sagte Anton. «Ich will nur eins: Hierbleiben!»
«Sei doch nicht so dickköpfig!» antwortete seine Mutter. «Oder glaubst du etwa, Vati hätte sich mit Absicht die Finger gequetscht?»
«Nein», knurrte Anton. «Aber vielleicht denkt ihr auch mal an mich! Schließlich habt ihr mir das Zelt und den Schlafsack extra zu Weihnachten geschenkt – und jetzt soll ich anscheinend alles wegschmeißen...»

Er merkte, wie sich seine Augen mit Tränen füllten. Hastig wandte er sich ab.
«Anton!» hörte er die Stimme seiner Mutter. «Das ist doch kein Grund zum Weinen! Und außerdem – wenn wir erst mal in dem Landgasthof sind, kannst du dein Zelt viel gefahrloser aufschlagen als hier in diesem –» sie stockte.
«– in diesem von Schauerlegenden umwobenen Jammertal!» sagte sie dann voller Abscheu.
«Schauerlegenden?» Gegen seinen Willen mußte Anton grinsen.
«Ja! In Langer Jammer hört man die schrecklichsten Geschichten über dieses Tal – und vor allem über die Ruine! Deshalb werden wir auch nicht in Langer Jammer, sondern in Freudental wohnen.»
«In Freudental?»
«Ja, so heißt das Nachbartal, in dem der Gasthof ist. Du wirst dich dort bestimmt wohl fühlen!»
«Wohl fühlen?» sagte Anton gedehnt und blickte hinüber zur Ruine. «Und du sagst, ich könnte da wirklich mein Zelt aufschlagen?»
«Aber ja! Hinter dem Gasthof ist ein großer Garten mit alten Obstbäumen – wie geschaffen zum Zelten.»
«Hm... Und wie weit ist es bis zu diesem freudigen Tal?»
«Mit dem Auto eine Viertelstunde.»
«Eine Viertelstunde...» wiederholte Anton gedankenvoll. Dann brauchte er mit dem Vampirumhang höchstens zwanzig Minuten!
«Klingt gar nicht so schlecht!»
Er musterte die blaurot verfärbten Finger seines Vaters. Eigentlich war es ihm sogar sehr recht, wenn sich von nun

an seine Mutter um die Probleme mit der verletzten Hand kümmern würde!
«Okay!» sagte er und tat dabei sehr gönnerhaft. «Ich bin einverstanden. – Aber nur, wenn ich auch wirklich zelten darf!»
«Versprochen!» sagte sein Vater.
«Unter einer Bedingung...» sagte Antons Mutter.
«Und die wäre?» erkundigte sich Anton argwöhnisch.
«Daß in dem Obstgarten keine Vampire sind!» erklärte sie.
Antons Vater lachte laut auf.
«Vampire im Obstgarten! Falls es überhaupt Vampire gibt, dann wohl am ehesten in der gruseligen Ruine da drüben.»
Anton reckte sein Kinn.
«Genau!» sagte er und fügte mit einem Grinsen hinzu: «Wie immer hat Vati recht.»
«Ach, ihr!» sagte seine Mutter verärgert. «Gehen wir endlich.»

Ein kleiner Robinson Crusoe

Der Landgasthof in Freudental war ein ziemlich großes Gebäude mit einem moosbewachsenen Schindeldach und zwei Türmen.
Antons Mutter hatte zwei Zimmer im ersten Stock gemietet. In dem größeren der beiden stand ein Himmelbett mit Spitzenvorhängen, die man zuziehen konnte.

«Es ist das Hochzeitszimmer!» hatte sie Antons Vater zugeflüstert – und war rot geworden, als sie gemerkt hatte, daß auch Anton es gehört hatte.
Antons Zimmer war kleiner – mit einem Waschtisch, auf dem eine bemalte Schüssel und ein Krug standen. Gerade wollte er spotten: «Fließend warmes Wasser – von wegen!» da sah er das Waschbecken, das in einer Ecke des Zimmers angebracht war.
«Gefällt dir dein Zimmer?» fragte seine Mutter erwartungsvoll.
«Hm ja, ganz gut», sagte Anton betont gleichmütig.
Er würde ihr natürlich nicht verraten, daß ihm das Zimmer sogar ausgezeichnet gefiel; denn es hatte einen kleinen Balkon, von dem aus man in den Garten blickte, während das Zimmer seiner Eltern nach vorne ging, auf die holprige, mit Kopfsteinen gepflasterte Straße.
Vom Balkon aus hatte Anton auch schon einen Platz entdeckt, wo er sein Zelt aufschlagen wollte: Im hinteren Teil des Gartens gab es einen großen knorrigen Baum mit einer weit ausladenden Krone, dessen dichtbelaubte Äste bis fast auf den Boden herabhingen. Unter diesem Laubdach würden nicht einmal Vampiraugen ein Zelt erspähen können – selbst ein knallrotes nicht wie das von Anton!
Er wartete, bis seine Mutter gegangen war, dann packte er schnell seine Sachen in den Schrank, versteckte den Vampirumhang zwischen zwei Pullovern, nahm sein Zelt und den Schlafsack und lief in den Garten.
Aus der Nähe wirkte der Baum noch mächtiger. Und das Blattwerk war so dicht, daß unter dem Baum Dämmerlicht herrschte. Sehr zufrieden machte Anton sich daran, direkt neben dem Stamm sein Zelt aufzuschlagen.

Am Nachmittag, als seine Eltern von einem Besuch bei dem Freudentaler Arzt zurückgekehrt waren, zeigte er ihnen den Zeltplatz.
«Das ist ja wildromantisch hier!» meinte Antons Mutter und lachte. »Genau das richtige für einen kleinen Robinson Crusoe.»
«Für einen kleinen Robinson Crusoe?» wiederholte Anton. Ein kleiner Vampir wäre mir lieber! dachte er. Laut sagte er: «Der ist doch längst überholt.»
«Überholt?» antwortete sie gekränkt. «Robinson Crusoe ist ein Klassiker der Weltliteratur. Den solltest du mal lesen – und nicht immer deine gräßlichen Vampirgeschichten!»
«Tja...» sagte Anton und grinste. «Wir haben eben unseren eigenen Geschmack und unsere eigenen Vorstellungen von Weltliteratur.»
«Und im übrigen», fügte er hinzu, «ist das Buch schon reichlich verstaubt – von 1719, wenn ich mich nicht irre.»
«Woher weißt du das denn?»
«Aus der Schule! Man kann nämlich Vampirgeschichten lesen *und* gebildet sein!»
Ein lautes Lachen war die Antwort. Es kam von Antons Vater. «Na, zumindest hat Anton seine gute Laune wiedergefunden», bemerkte er.
«Meine Laune wäre noch besser, wenn ihr mir erlauben würdet, heute nacht im Zelt zu schlafen», sagte Anton listig.
«Daran ist überhaupt nicht zu denken!» erwiderte seine Mutter. «Heute früh warst du noch ganz heiß und verschwitzt. Und *ein* Kranker in der Familie reicht mir.»

«Krank? Ich bin doch nicht krank!» widersprach Antons Vater. Der Arzt in Freudental hatte ihm einen leuchtendweißen, mit Pflastern verzierten Verband angelegt, der bis zum Handgelenk reichte. «Ich soll meine Hand schonen und erst mal richtig ausspannen – mehr hat der Arzt nicht gesagt.»

«Richtig ausspannen?» Anton grinste bösartig. «Dann hätte ich an deiner Stelle Mutti lieber nicht angerufen.»

Seine Mutter warf ihm einen zornigen Blick zu. «Langsam reicht es mir, Anton Bohnsack!» sagte sie und wandte sich verärgert ab.

«Warte!» rief Anton, und als sie stehenblieb, fragte er mit dem unschuldigsten Lächeln der Welt: «Und wann darf ich im Zelt schlafen?»

«Wann?» fragte sie unfreundlich. «Das werden wir dann schon sehen.»

Damit ging sie.

«Wann dann?» rief Anton ihr hinterher, aber wie er erwartet hatte, gab sie keine Antwort mehr.

«Anton!» sagte sein Vater. «Du solltest unsere Geduld nicht überstrapazieren. Wir verstehen zwar, daß du enttäuscht bist. Aber allmählich müßtest du alt genug sein, um zu begreifen, daß man sich manchmal auch mit den... ähem... Gegebenheiten abzufinden hat.»

«Glaubst du, das hätte ich nicht längst begriffen?» knurrte Anton und kroch in sein Zelt.

«Denk noch mal in Ruhe drüber nach!» sagte sein Vater versöhnlich von draußen.

«Ja ja», murmelte Anton.

Kaum war sein Vater gegangen, dachte er jedoch über etwas ganz anderes nach: Sie hatten ihm zwar verboten, im

Zelt zu schlafen... gut – oder besser gesagt: nicht gut. Jedenfalls würde Anton sich an das Verbot halten.
Daß es ihm aber auch nicht erlaubt sein sollte, in der Dunkelheit mit seinem Vampirumhang einen kleinen Aus-Flug zu machen... davon hatten sie nichts gesagt.
Und deshalb würde Anton heute abend ins Jammertal fliegen!

Gestörter Empfang

Nach dem Abendbrot – es hatte leckere Bratkartoffeln mit Rührei und Schinken gegeben – saß Anton mit seinen Eltern und Frau Tugendhaft, der kräftigen rotblonden Wirtin, im Fernsehzimmer des Landgasthofs. Während er gleichgültig den Film über Regenwürmer verfolgte, wartete er immer ungeduldiger auf den Einbruch der Dämmerung.
Das Fernsehzimmer war ein großer, wie Antons Mutter gemeint hatte, ‹urgemütlicher› Raum mit mächtigen Geweihen an den Wänden. Gemütlich konnte Anton ihn allerdings nicht finden. Die Sessel und Tische, die hier standen, sahen uralt aus, und nur der Fernseher machte einen einigermaßen modernen Eindruck – wenn auch das Bild in regelmäßigen Abständen unangenehm zuckte und wakkelte. Bei dem Würmerfilm fand Anton das nicht so dramatisch – aber die Vorstellung, sich einen verwackelten Vampirfilm ansehen zu müssen, jagte ihm einen Schauer über den Rücken.

«An das Wackeln muß man sich erst gewöhnen!» sagte Frau Tugendhaft zur Entschuldigung. «Wir haben hier durch unsere Lage im Tal einen etwas gestörten Empfang.»
Etwas? wollte Anton erwidern. Doch dann dachte er an den Aus-Flug, den er plante und für den es günstiger war, wenn dieser Abend friedlich verlief!
So schwieg er und blickte immer wieder verstohlen zum Fenster. Aber noch stand die Sonne am Himmel. Und Anton wollte unbedingt abwarten, bis es Nacht geworden war – teils wegen seiner Eltern, die schon angekündigt hatten, daß sie bei offenem Fenster schlafen wollten – teils wegen der durstigen Verwandten des kleinen Vampirs.
Endlich begann es zu dämmern, und Frau Tugendhaft schaltete eine große, mit Plüschstoff bezogene Stehlampe ein.
Verlegen lächelnd stand Antons Vater auf und erklärte: «Ich werde jetzt schlafen gehen. Tut mir leid, wenn ich heute etwas ungesellig bin. Aber meine Finger –»
«Erhol dich gut!» sagte Antons Mutter und blickte ihm mit sorgenvoller Miene nach.
Als er gegangen war, meinte sie zu Anton: «Glaubst du nicht, daß du auch langsam in deinem Zimmer verschwinden solltest?»
«Schon?» brummte Anton – bemüht, sich seine Freude über diesen äußerst willkommenen Vorschlag nicht anmerken zu lassen.
«Den ganzen Abend vor dem Fernseher hängen – und das schimpft sich dann Aktivurlaub!» sagte seine Mutter bissig.

«Wieso?» Anton grinste breit, und diesmal konterte er: «Immerhin fängt gleich die Sportschau an.»
«Ein kecker Bursche, Ihr Anton!» meinte Frau Tugendhaft. «Der wird sich gut mit Bartel, dem Sohn vom Koch, verstehen.»
«Nein, danke», knurrte Anton. «Keinen Appetit.»
Im Hinausgehen hörte er noch, wie Frau Tugendhaft sagte: «Ich würde Sie gern etwas fragen: Sie als Lehrerin kennen doch den Lesegeschmack der jungen Leute von heute.»
«O ja!» versicherte Antons Mutter, woraufhin Frau Tugendhaft sagte: «Dann können Sie mir bestimmt ein paar Ratschläge geben! Wir veranstalten nämlich jeden Freitag einen Kinderlesenachmittag im Feuerwehrhaus, um die Freudentaler Kinder ans Bücherlesen heranzuführen. Aber leider hat es den Anschein, als wollten gerade unsere Kinder auf dem Land keine Bücher mehr lesen.»
In sich hineingrinsend, schloß Anton die Tür.
Der Lesegeschmack der jungen Leute von heute... Wenn Frau Tugendhaft die Tips seiner Mutter befolgte, würde es bei ihr nur Robinson Crusoe & Co. geben, und für den Fall konnte Anton ihr jetzt schon garantieren, daß ihr Feuerwehrhaus immer gähnend leer sein würde – jedenfalls am Kinderlesenachmittag!
Beschwingt ging er nach oben in sein Zimmer, und weil es noch zu hell zum Abfliegen war, nahm er sein Buch «Der Vampir – Wahrheit und Dichtung» und legte sich damit auf das Bett. Nach einigem Blättern hatte er die richtige Geschichte gefunden: «Der Forstgehilfe mit dem roten Halstuch. Eine wahre Vampirgeschichte aus dem Westerwald.»

Als er sie gelesen hatte, stand er auf. Er ging zur Zimmertür und spähte in den Flur – niemand war zu sehen. Wahrscheinlich saß seine Mutter noch bei Frau Tugendhaft und schmiedete Pläne; Pläne zur Rettung der – ähem – Lesekultur.

Also konnte Anton einigermaßen unbesorgt losfliegen!

Vorsichtshalber drehte er aber doch den Schlüssel herum, der in der Tür steckte – obwohl er wußte, daß seine Mutter verschlossene Zimmertüren haßte und ihn mit Sicherheit deswegen zur Rede stellen würde.

Dann zog er sich den Vampirumhang über – mit etwas zittrigen Händen; denn diesmal würde er ganz allein, ohne Anna oder Rüdiger, durch die Nacht fliegen.

Trotzdem... er wollte es wagen, er *mußte* es wagen! Schließlich war er mit Rüdiger verabredet, und der kleine Vampir konnte nicht ahnen, daß Anton und sein Vater das Jammertal verlassen hatten!

Mit Herzklopfen trat Anton auf den Balkon.

Der Mond schien, und aus dem Garten drangen fremde, unheimliche Geräusche an sein Ohr: leises Rascheln und Raunen, Zirpen und Knistern. Plötzlich war ihm ganz flau im Magen...

Aber dann sagte er sich, daß auch der kleine Vampir Angst im Dunkeln hatte und daß diese Angst nichts Ungewöhnliches oder Peinliches war. Und Angst, so machte Anton sich selber Mut, war dazu da, um überwunden zu werden!

Entschlossen breitete er seine Arme aus und bewegte sie auf und ab, wie er es von Rüdiger und Anna kannte.

Sogleich lösten sich seine Füße vom Boden, und mit einem Kribbeln, das ihm bis in die Zehenspitzen ging, erhob Anton sich in die Luft.

Gleichmäßig und kräftig bewegte er seine Arme, und rasch gewann er an Höhe.
Er warf noch einen Abschiedsblick auf den Gasthof, der jetzt nicht viel größer als ein Spielzeughaus aussah, mit Fenstern, so winzig wie die Türen in einem Adventskalender – dann flog er in die Nacht hinaus.

Zelte und Särge

Es war für Anton nicht schwierig, den Weg zurück ins Jammertal zu finden: Er brauchte nur entlang der gepflasterten Straße zu fliegen und dort, wo die Abzweigung war, der schmalen asphaltierten Straße zu folgen, die nach Langer Jammer führte, vorbei am Jammertal.
Während Anton über dem schmalen Asphaltband dahinflog, schlug sein Herz immer lauter, und mit wachsendem Unbehagen blickte er sich um, ob nicht vielleicht doch ein Vampir – Tante Dorothee zum Beispiel – in seiner Nähe war.
Aber nur ein einziges Mal kreuzte ein kleiner Vogel – wahrscheinlich eine Eule – Antons Flugbahn.
Er flog jetzt niedriger und hielt sich im Schatten der Bäume. Das war mühevoll, und er mußte aufpassen, daß er nicht an einem der Äste hängenblieb – aber so war er durch die Bäume besser geschützt!
Als er den Weg entdeckte, den er mit seinem Vater benutzt hatte, um ins Tal und zur Wolfshöhle zu kommen, landete er und ging zu Fuß weiter.

Zum Glück trug er seine Turnschuhe, so daß er sich vollkommen lautlos bewegen konnte.
Und dann hatte Anton das Jammertal erreicht.
Er blieb stehen und blickte auf das weite, von sanften Hügeln durchzogene Tal. In dem silbernen Mondlicht schien es ein Tal des Friedens und der Harmonie zu sein – wären da nicht die düsteren, halbzerfallenen Mauern der Ruine am Ende des Tals gewesen, die unheilvoll und bedrohlich wirkten. Der ideale Ort für Vampire! Und tatsächlich hatten sie im Kellergewölbe der Ruine ihre Zelte – nein, Särge! aufgeschlagen...
Ob der kleine Vampir jetzt in der Burgkapelle an dem uralten Holzpult saß und die *Chronik der Familie von Schlotterstein* studierte, jenes geheimnisumwitterte Werk, dessen schwarze Tintenschrift nur Vampire lesen konnten?
Die Burgkapelle lag versteckt hinter dem großen Burgturm, so daß Anton den Lichtschein selbst dann nicht sehen würde, wenn Rüdiger wieder einen ganzen Vorrat von Kerzen angezündet hätte!
Er dachte daran, wie Anna den kleinen Vampir als Kerzenverschwender beschimpft hatte und wie Rüdiger erwidert hatte, sie sei nur neidisch, weil *sie* die *Chronik* noch nicht richtig lesen könne.
Aber Anton wußte, daß Anna seinetwegen die *Chronik* noch immer nicht lesen konnte; denn sie hatte ihm anvertraut, daß sie ihre ganze Kraft einsetzen würde, um *nicht* Vampir zu werden und *keine* richtigen Vampirzähne zu bekommen, solange er, Anton, nicht auch Vampir werden wollte...
Nur... konnte Anton sicher sein, daß es funktionieren würde? Verhielt es sich mit den Vampiren nicht genauso

wie mit den Menschen: Daß man erwachsen werden mußte, ganz gleich, ob man nun wollte oder nicht?
Andererseits – Anna hatte sehr optimistisch gewirkt und gemeint, daß sie es schon schaffen würde.
Anna... Anton dachte an ihre großen glänzenden Augen, ihren runden Mund, der so süß lächeln konnte – als ihn auf einmal etwas Spitzes schmerzhaft in den Rücken stieß.

Schwer von Begriff

Mit einem erstickten Schrei fuhr er herum.
Es war... Lumpi! Breit grinsend stand er da und musterte Anton, seinen Zeigefinger mit dem gräßlich langen, spitz zugefeilten Nagel drohend auf ihn gerichtet – Lumpi, der unberechenbare, streitlustige große Bruder von Anna und Rüdiger!
Anton stockte das Blut in den Adern.
Sprachlos vor Entsetzen starrte er Lumpi an, dessen totenbleiches Gesicht ihm noch abstoßender vorkam als sonst: Mit dem riesigen blutroten Mund, der pickeligen Haut, der großen Nase...
Jetzt lachte Lumpi – ein mißtönendes heiseres Krächzen, das Anton durch Mark und Bein ging.
«Mit mir hast du wohl nicht gerechnet!» meinte er und schien Antons Entsetzen richtig zu genießen.
«Na, macht nichts», fuhr er fort, als Anton keinen Ton herausbrachte. «Hauptsache, *ich* habe mit *dir* gerechnet!»

«Ich... ich habe mit niemandem gerechnet!» stotterte Anton.
«Mit niemandem?» machte Lumpi ihn belustigt nach.
Und mit den Worten: «Ts, ts, da bin ich ja direkt gekränkt», legte er Anton seine Pranken auf die Schultern – fest wie Schraubstöcke.
«Aber du bist doch nicht zufällig hier, oder?» fragte er, nun nicht mehr ganz so freundlich.
«Nein...»
«Na, dann spuck's aus!»
«Ausspucken?» Anton fröstelte. «Ich...» Auf keinen Fall durfte er zugeben, daß Rüdiger ihm heute abend wieder aus der *Chronik der Familie von Schlotterstein* vorlesen wollte; denn ob der kleine Vampir wirklich mit Genehmigung seiner Großmutter Sabine der Schrecklichen die *Chronik* studierte, das wußte er nicht!
«Rüdiger und ich –» begann er stockend und wollte etwas von einer nächtlichen Pirsch vorschwindeln – doch Lumpi fiel ihm ins Wort: «Aha! Du gibst also zu, daß du mit Rüdiger verabredet bist.»
«Ja –»
«Na bitte!» zischte Lumpi befriedigt. «Und dann willst du ihm wieder ein paar von deinen dreckigen Tricks verraten, hab ich recht?»
«Dreckige Tricks?»
«Spiel hier nicht den Unschuldigen! Du trägst die Verantwortung dafür, daß Jörg der Aufbrausende kein Wort mehr mit mir redet und daß wir jetzt eine Beziehungskrise haben.»
«Ich? Was hab ich denn getan?» Anton war sich keiner Schuld bewußt!

«Was hab ich denn getan, was hab ich denn getan!» äffte Lumpi ihn nach. Er verengte die Augen zu einem Spalt, und leise und drohend sagte er: «Denk mal an deine hinterhältigen Tricks von wegen Kullern und so, du – du Obertrickser!»
«Ach, *das* meinst du ...»
«Ja, das meine ich!»
«Wenn ich geahnt hätte, daß du deswegen mit Jörg dem Aufbrausenden Ärger kriegst, dann ...»
«Was dann?»
«Dann hätte ich es für mich behalten!»
«So, hättest du das?» sagte Lumpi und lachte ungemütlich. «Aber jetzt ist das Kind in den Sarg gefallen! Jetzt können wir nur noch eins tun: Es gemeinsam wieder rausziehen!»
«Es gemeinsam wieder rausziehen?» wiederholte Anton mißtrauisch. Hoffentlich wollte Lumpi nicht mit ihm in das Gewölbe der Vampire gehen ...!
Aber Lumpi schien etwas anderes im Sinn zu haben.
Schroff sagte er: «Und deshalb wirst du mir eine Extrastunde erteilen – nur für mich, und mit Extratricks!»
Anton sah ihn verblüfft an. «Eine Extrastunde? Wo-worin denn?»
«Im Kegeln natürlich, du Dussel!» donnerte Lumpi. Amüsiert fügte er hinzu: «Ich begreife gar nicht, was Rüdiger an dir findet, so begriffsstutzig wie du bist.»
Er lachte heiser und selbstgefällig.
Dann fuhr er mit plötzlich ganz veränderter, weicher und einschmeichelnder Stimme fort: «Aber vielleicht verstehe ich es doch ... Du hast nämlich einen wunderschönen Hals, Anton! Hat dir das schon mal jemand gesagt?»

«Nein!» stammelte Anton.

«Deine Haut, die muß sich ja unbeschreiblich zart anfühlen... Hast du was dagegen, wenn ich mal vorsichtig mit dem Finger drüberstreichle...?»

«Nein! Äh, ja!» schrie Anton auf. «Ich habe etwas dagegen!»

«Ach, wirklich?» sagte Lumpi sanft und vollkommen unbeeindruckt. «Und wenn ich dir nun sage, daß du nicht nur einen wunderschönen Hals hast, sondern obendrein noch –»

Mit einem plötzlichen Ruck zog er Anton zu sich heran.

«– daß du obendrein noch unglaublich gut riechst!»

«Ta-tatsächlich?» stotterte Anton.

Dasselbe konnte er von Lumpi leider nicht behaupten: Dessen Modergeruch war kaum zu ertragen!

Lumpi grinste. «Du riechst wie ein ganzes Zwiebelbeet.»

«Wie ein Zwiebelbeet?» murmelte Anton und erinnerte sich, daß die Bratkartoffeln von Frau Tugendhaft sehr pikant nach Zwiebeln geschmeckt hatten. Grimmig dachte er: Wie schade, daß sie nicht dieselbe Menge Knoblauch an das Essen getan hat! Aber dann fiel ihm ein, daß Knoblauch die meisten Vampire nur wilder machte, anstatt sie zu vertreiben.

«Ich... ich finde, wir sollten jetzt mit der Übungsstunde anfangen», sagte er mit gepreßter Stimme.

«Warum so eilig?» fragte Lumpi, ohne den Druck seiner großen, kräftigen Hände zu lockern.

«Weil... Wenn du mir noch lange auf die Schultern drückst, dann kriege ich garantiert Genickstarre und kann dir überhaupt keine Kegeltricks mehr zeigen.»

Das wirkte: Lumpi ließ seine Arme sinken und fragte: «Kriegst du denn oft Genickstarre?»
«Oh, ziemlich oft!» behauptete Anton.
«Warum hast du das nicht gleich gesagt?» zischte Lumpi. «Unter diesen Umständen hätte ich dich wie ein Ei, wie ein rohes Ei behandelt. Ich kann nämlich sehr zartfühlend sein, wenn ich will!»
Dabei schielte er mit großen, unnatürlich leuchtenden Augen auf Antons Hals.
«Hast du denn jetzt... Genickstarre?» fragte er heiser und fuhr sich mit der Zunge einmal hastig über die Lippen.
Anton erschauerte. «N-nein», sagte er. «Es... hat nur ein bißchen geknackt.»
«Was, es hat schon geknackt?» rief Lumpi. «Dann wird es ja allerhöchste Zeit für die Extrastunde. Los, komm mit, Anton!»
«Mitkommen? Wohin denn?» fragte Anton beklommen.
«Zur Kegelbahn natürlich», antwortete Lumpi und lachte krächzend. «Du bist wirklich schwer von Begriff!»
«Zur Kegelbahn?» Anton schluckte. «Meinst du etwa die in dem verlassenen Wirtshaus zum Jammerlappen?»
«Genau! Endlich hast du es kapiert. Hat aber verdammt lange gedauert!»
«Ich...» Anton spürte, wie es ihm eiskalt den Rücken herunterlief. «Ich dachte, wir machen die Übungsstunde hier», wandte er zaghaft ein.
«Hier, zwischen all den Maulwurfshügeln?» Lumpi schnaubte verächtlich. «Nein, danke! Wenn Lumpi der Starke eine Übungsstunde nimmt, dann tut er das in dem gebührenden Rahmen. Also komm!»

Und schon schwang er sich in die Luft.
«Nun komm endlich!» rief er Anton ungeduldig zu.
«J-ja», sagte Anton mit matter Stimme.
Ihm war wieder ganz flau im Magen, und seine Arme und Beine fühlten sich so schlapp und kraftlos an, als wären sie aus Gummi.
Zaghaft bewegte er seine Arme auf und ab – und fast ungläubig spürte er, wie sich seine Füße vom Boden lösten und wie er flog.

Auf zum Unterricht

«Du machst es nicht schlecht», meinte Lumpi grinsend, «jedenfalls für einen Noch-nicht-Vampir.»
Anton warf ihm einen finsteren Seitenblick zu, sagte aber nichts.
Sein Herz klopfte wie verrückt, und die Vorstellung, gleich mit Lumpi in dem leerstehenden, verwahrlosten Wirtshaus allein zu sein, ließ ihm den kalten Schweiß auf die Stirn treten.
Aber es war nicht nur die Angst vor Lumpi... es war auch die Angst, einem der anderen Vampire zu begegnen – und die Sorge, daß Rüdiger ihn dabei beobachten könnte, wie er Lumpi seine Kegel-«Tricks» zeigte.
Bestimmt würde der kleine Vampir das als Verrat empfinden! Aber was sollte Anton tun?
An Flucht war nicht zu denken; denn Lumpi würde ihn in kürzester Zeit wieder eingeholt haben. Und was Lumpi

dann mit ihm anstellen mochte, würde Anton sich lieber nicht ausmalen...

Also flog er, innerlich widerstrebend, hinter Lumpi her.

Er hatte Lumpi noch nie in der Luft erlebt, und jetzt stellte er fest, daß Lumpis Flugstil genau zu seinem wechselhaften, unberechenbaren Charakter paßte: Mal flog er mit mächtigen Armstößen voraus, dann wieder verlangsamte er seinen Flug und segelte ruhig neben Anton dahin. Einige Male blieb er sogar absichtlich zurück, um kurz darauf pfeilschnell an Anton vorbeizuschießen.

Schließlich landeten sie vor dem Wirtshaus. Die leeren Fensterhöhlen und die Haustür, die zerbrochen neben dem Eingang lag, wirkten auf Anton noch unheimlicher und gespenstischer als beim erstenmal. Er spürte, wie er eine Gänsehaut bekam. Lumpi dagegen machte einen sehr vergnügten, tatendurstigen Eindruck.

Er knuffte Anton in die Seite und meinte: «Auf zum Unterricht!»

«Ähem –» Anton zauderte. «Könnte es sein, daß noch andere auf der Kegelbahn sind?»

«Andere?» wiederholte Lumpi.

«Ja, du hast recht», meinte er dann. «Vielleicht –» und hier knuffte er Anton ein zweites Mal, «vielleicht ein Liebespaar!» Er lachte prustend, hielt sich aber schnell die Hand vor den Mund.

Energisch erklärte er: «Also mach dich auf die Socken und sieh nach, ob die Luft rein ist!»

«Ich?»

«Ja, glaubst du etwa, ich?» Lumpi lachte heiser. «Ich halte hier draußen Wache.»

«Aber –» Anton zögerte. Ihn vorschicken zu wollen – das

war ganz schön unfair; denn Lumpi konnte im Dunkeln viel besser sehen als er.
«Und wenn ich mich verletze?» gab er zu bedenken. «Ich könnte stolpern und mir ein Bein brechen. Oder... Mit dem Kopf gegen ein Brett laufen und –»
«– und bluten, wolltest du sagen?» rief Lumpi aufgeregt.
«Nein!» widersprach Anton hastig. «Ich wollte sagen: Dann würde ich eine Gehirnerschütterung kriegen und könnte dir meine Kegeltricks nicht mehr zeigen.»
«Eine Gehirnerschütterung?» wiederholte Lumpi. «Hör mal, du bist ja 'ne halbe Leiche!»
«'ne halbe Leiche?» stotterte Anton.
Jetzt grinste Lumpi. «Na, du mit all deinen Gebrechen: Genickstarre, Gehirnerschütterung... Da kann man ja froh sein, Vampir zu sein!»
Großspurig erklärte er: «*Ich* könnte jederzeit gegen ein Brett laufen, ohne eine Gehirnerschütterung zu kriegen!»
«Dann solltest *du* besser nachgucken, ob die Luft rein ist», sagte Anton, verstohlen grinsend. Und listig fügte er hinzu: «Außerdem bist du doch viel stärker und mutiger als ich.»
«Das ist wahr!» sagte Lumpi geschmeichelt.
Er reckte sich, und mit gönnerhafter Miene verkündete er: «Na gut! Ich gucke nach. Und wenn alles in Ordnung ist, rufe ich dich.»
Damit ging er auf das Wirtshaus zu und verschwand in der dunklen Türöffnung.

Gewisse Gerüchte

Eine Weile verging. Voller Unbehagen beobachtete Anton das Haus und den langgestreckten, flachen Anbau, in dem sich, wie er wußte, die Kegelbahn befand.
Auf einmal wurde im Anbau ein Fenster geöffnet. Das morsche Holz knackte und ächzte, und die Scheibe – seltsamerweise waren die Scheiben im Anbau nicht zerbrochen – klirrte leise. Dann erschien Lumpi im Fenster.
«Alles bestens!» meldete er. «Niemand da, nur wir beide. Los, komm! Ich zieh dich hoch.»
«Hochziehen! Und wenn du mir dabei die Arme auskugelst?» erwiderte Anton.
Lumpi kicherte.
«Aber Anton!» erwiderte er. «Du bist nicht nur begriffsstutzig, du hast auch noch ein Gedächtnis wie ein Sieb. Ts, ts, ts – ich habe dir doch gesagt: Ich kann sehr zartfühlend sein, wenn ich will.»
«Und jetzt komm!» setzte er barsch hinzu.
Zögernd ging Anton auf das Fenster zu und musterte es. Dann erklärte er: «Das schaffe ich alleine.»
«Dankbar bist du nicht gerade», knurrte Lumpi, der ein paar Schritte zurückgetreten war und zusah, wie Anton durch das Fenster geklettert kam. «Wenn man dir Hilfe anbietet, solltest du sie ruhig annehmen – in deinem eigenen Interesse!»
Anton gab keine Antwort.
Beklommen blickte er sich um. Aber hier drinnen war es so finster, daß er kaum etwas erkennen konnte.
«Du könntest mir schon helfen...» begann er vorsichtig.

«Auf einmal?»
«Ja! Du könntest etwas Licht machen.»
«Ha!» sagte Lumpi und lachte böse. «Und was ist, wenn ich dir jetzt nicht mehr helfen will?»
«Na ja...» Anton grinste. «Dann kann ich dir meine Kegeltricks nicht zeigen.»
«Was?» schrie Lumpi auf.
«Also gut», meinte er. «Du sollst dein Licht haben.»
Er lief ans Ende der Kegelhalle, wo Anton ihn im Dunkeln kramen hörte. Dann flammte ein Streichholz auf, und Anton sah, wie er eine Kerze anzündete. Gleich darauf kam Lumpi zurück, in der Hand die brennende Kerze.
Er stellte die Kerze ins Fenster und knurrte: «Fangen wir jetzt endlich an?»
Anton musterte die mit Staub und Schutt bedeckte Kegelbahn. Niemand außer den Vampiren würde auf die Idee kommen, auf einer solchen Bahn kegeln zu wollen!
«Gibt es hier einen Besen?» fragte er.
«Einen Besen?» wiederholte Lumpi argwöhnisch. «He, du sollst mir nicht zeigen, wie man Hockey spielt, sondern wie man kegelt!»
«Ich brauche ihn nicht zum Schlagen. Ich brauche ihn zum Ausfegen!»
«Zum Ausfegen?» Lumpi lachte krächzend. «Du bist ja wie mein Onkel Theodor – Dracula hab ihn selig! Der kehrte jeden Abend, gleich nach dem Aufwachen, seinen Sarg aus.»
«Seinen Sarg?» sagte Anton verblüfft. «Wieso das denn?»
«Nun...» Lumpi grinste. «Er behauptete, er hätte eine Stauballergie. Aber ich glaube, er tat es aus Eitelkeit!»

«Aus Eitelkeit?»

«Allerdings!» bekräftigte Lumpi, und flüsternd ergänzte er: «Haarausfall.»

«Haarausfall?» fragte Anton. «Ich dachte, den bekämen nur...» ‹Menschen› wollte er sagen, aber gerade noch rechtzeitig verkniff er sich das.

Doch Lumpi hatte auch so verstanden, was er meinte.

Breit grinsend sagte er: «Tja, weißt du, unsere Ernährung... sie ist leider etwas einseitig. Kein Obst, kein Gemüse...»

Und mit einem Blick auf Antons Hals fügte er hinzu: «Ich hoffe nur, *du* ißt das alles, damit du schön groß und stark wirst und gutes Blut bekommst.»

Anton spürte ein Frösteln. Rasch sagte er: «Der Besen! Gibt es hier nun einen – ja oder nein?»

«Du mit deinem Besen», knurrte Lumpi mißvergnügt. «Kaum sind wir uns im Gespräch ein wenig nähergekommen, da fängst du schon wieder mit deinem dämlichen Besen an!»

Er schnaufte ein paarmal heftig, um seiner Verärgerung Ausdruck zu verleihen. Dann sagte er barsch: «Natürlich gibt es hier *keinen* Besen! Wozu auch.»

«Wozu? Weil eine Kegelbahn saubergefegt sein muß!»

‹Und Löcher und aufgequollene Stellen wie diese Bahn hier darf sie auch nicht haben›, fügte er in Gedanken hinzu – aber das sprach er lieber nicht aus.

«Saubergefegt?» wiederholte Lumpi.

Kichernd meinte er: «Du hast ja einen richtigen Reinlichkeitstick, Anton!» – «Nein, wirklich», fuhr er in oberlehrerhaftem Ton fort. «Kegelbahnen können ruhig staubig sein – darauf kommt es nicht an.»

«So?» sagte Anton. «Und worauf kommt es, deiner Meinung nach, an?»

«Auf die Kegler!» antwortete Lumpi und lachte selbstgefällig. «Oder besser gesagt: Auf *den* Kegler!»

Mit einem hinterhältigen Grinsen fragte Anton: «Und warum willst du dann von *mir* Tricks wissen, wenn *du* ein so toller Kegler bist?»

«Warum?» wiederholte Lumpi und zuckte, offensichtlich um eine Antwort verlegen, mit den Mundwinkeln. Dann aber war ihm etwas eingefallen: «Weil auch ein guter Kegler immer noch besser werden kann!»

«Und außerdem», setzte er hinzu, «kursieren in Vampirkreisen gewisse Gerüchte...»

«Gerüchte?»

«Ja! Daß nämlich Leo der Tapfere gar nicht so ein Superkegler war, wie Jörg der Aufbrausende uns glauben machen wollte. Und daß seine Tips von wegen ‹Kegeln kommt von Segeln› nicht unbedingt das Rote vom Blut – äh, das Gelbe vom Ei waren!»

«Ach, wirklich?» tat Anton überrascht.

«Nun... und unter diesen Umständen will ich natürlich nicht mit den Methoden von gestern für morgen trainieren!» sagte Lumpi hochtrabend. «Und deshalb –»

Hier machte er eine bedeutungsvolle Pause und starrte Anton an, als wollte er ihn hypnotisieren.

«Und deshalb will ich jetzt endlich deine Tricks erfahren!»

Ruhe vor dem Sturm

«Meine Tricks?» sagte Anton gedehnt. Wenn Lumpi wüßte, daß er überhaupt keine Tricks kannte! «Dann brauchen wir erst mal die Kugel», erklärte er.
«Ach ja, die Kugel!» meinte Lumpi und schlug sich gegen die Stirn.
Rasch lief er wieder ans Ende der Kegelbahn und kehrte mit einer großen Holzkugel zurück. «Hier ist sie!»
«Also: Zuerst muß man in den Knien federn», begann Anton seine Unterweisung.
«Wieso das denn?»
«Um locker zu werden. Also, zuerst federt man in den Knien, und dann, wenn man richtig locker ist, setzt man die Kugel auf der Kegelbahn auf, und schon – zisch! – schießt sie nach vorne und haut alle neun Kegel um.»
«Aufsetzen?» brummte Lumpi und knirschte mit den Zähnen.
«Na schön», sagte er dann. «Ich versuch's.»
Er ging in die Knie – aber unvermittelt richtete er sich wieder auf und fuhr Anton an: «Wie war das noch? Nach vorne schießen?»
«Nein, zuerst mußt du federn», erwiderte Anton.
Und als Lumpi sich nicht rührte, bot er an: «Soll ich es mal vormachen?»
«Vormachen?» schnaubte Lumpi und warf ihm einen grimmigen Blick zu. «Du glaubst wohl, ich wäre genauso schwer von Begriff wie du. Ha, du weißt anscheinend nicht, wen du vor dir hast: Lumpi den Superstarken, den größten Kegler aller Zeiten!»

Und damit ging er wieder in die Knie, was von einem scheußlichen Knacken seiner Gelenke begleitet wurde. Er streckte den linken Arm nach hinten aus – und sekundenlang war es vollkommen still in der großen, düsteren Halle.

Wie die Ruhe vor dem Sturm! fuhr es Anton durch den Kopf – und was dann hereinbrach, war tatsächlich wie ein Unwetter: Lumpi setzte die Kugel auf der Bahn auf, es polterte und rumpelte – und dann, in das Rumpeln hinein, ertönte ein langgezogener Schrei, ein heiseres Aufheulen, bei dem sich Anton die Haare sträubten.

Im ersten Augenblick glaubte er, es sei ein Anfeuerungsschrei, wie ihn auch Jörg der Aufbrausende auszustoßen pflegte – aber dann sah er, daß Lumpi den Zeigefinger seiner linken Hand in den Mund geschoben hatte.

Dazu schluchzte er: «Mein schönster, mein allerschönster Nagel!»

Anton erstarrte.

Lumpis ganzer Stolz waren seine langen Fingernägel – und er konnte rasend vor Zorn werden, wenn er sich einen davon abbrach!

Zitternd wich Anton an die Wand zurück.

Er sah, wie Lumpi den Finger aus dem Mund nahm und den abgebrochenen Nagel betrachtete.

Dann sagte Lumpi leise und drohend: «Das hast du extra gemacht.»

Unter einer Decke

«Extra?» wiederholte Anton beklommen.
«Ja! Weil ich bei der Nagelkür verlieren soll.»
«Bei der... Nagelkür?»
«Jawohl, Nagelkür! Du steckst mit Waldi dem Bösartigen unter einer Decke!»

«Ich? Mit Waldi?» Anton schüttelte den Kopf. «Nein! Ich kenne Waldi den Bösartigen überhaupt nicht.»
«Du kennst ihn nicht?» sagte Lumpi und blickte ihn aus den Augenwinkeln heraus argwöhnisch an. «Waldi der Bösartige hat dir nicht den Auftrag gegeben, mich noch vor der Nagelkür auszuschalten, damit *er* gewinnen kann?»
«Nein!» erklärte Anton.
«Nicht?» Lumpi zögerte und schien nachzudenken. Plötzlich, von einem Moment auf den anderen, lief sein Gesicht dunkelrot an, und er brüllte: «Um so schlimmer, wenn du nicht mit Waldi unter einer Decke steckst. Dann kann ich Waldi nicht mal wegen Bestechung disqualifizieren lassen! Deinetwegen nicht – du, du –»
Er schnaufte heftig durch die Nase, während er nach einem passenden Namen für Anton suchte. «Du Hornochse!» rief er dann. «Du Armleuchter, du Mondkalb, du Kamuffel! Wie konnte ich nur so dumm sein, deine blödsinnigen Tricks zu befolgen. Ah, hätte ich bloß auf Jörg den Aufbrausenden gehört – und auf Leo den Tapferen!»
«Aber warte...» fügte er nach einer Pause mit Grabesstimme hinzu. «Das wirst du mir büßen...»
«B-büßen?» stotterte Anton.
«Büßen – und ob!» donnerte Lumpi. «Ich weiß zwar noch nicht, wie... Aber ich werde mir schon etwas einfallen lassen für dich; etwas, das du dein ganzes – hähä! – Leben nicht vergessen wirst!»
Anton stand da, zitternd wie Espenlaub, und fühlte sich einer Ohnmacht nahe.
Doch plötzlich, wie durch ein Wunder, wandte Lumpi sich von ihm ab und sagte tonlos: «Aber jetzt muß ich erst mal

an mich denken und retten, was noch zu retten ist... Vielleicht, wenn ich ihn spitz zufeile, ganz spitz...?»
Anton lauschte angstvoll. ‹Ihn› spitz zufeilen – damit konnte Lumpi doch nur seinen abgebrochenen Fingernagel gemeint haben?
«Ja, das werde ich machen», murmelte Lumpi, «feilen und nochmals feilen. Vielleicht gewinne ich dann doch noch!»
Mit diesen Worten lief er, für Anton völlig unerwartet, zum Fenster, und ohne auf die brennende Kerze zu achten, schwang er sich hinaus.
Die Kerze fiel zu Boden und verlosch.
Jetzt war es wieder stockfinster in der Kegelhalle.
Minutenlang fühlte Anton sich wie gelähmt.
Dann, ganz allmählich, löste sich seine Erstarrung, und mit weichen Knien tappte er zum Fenster. Er kletterte auf das Fensterbrett, streckte seine Beine aus und ließ sich vorsichtig in den Hof gleiten.
Draußen blieb er stehen und sah sich besorgt um.
Aber er konnte nichts Verdächtiges entdecken, und so machte er ein paar zaghafte Flugbewegungen – und spürte erleichtert, wie er sich in die Luft erhob.
Eine Weile flog Anton im Schatten der Bäume dahin. Dann erst wagte er es, aus dem Schutz der Bäume herauszufliegen und höher hinaufzusteigen. Er stieg, bis er unter sich das schmale Band der Straße erkennen konnte, die das Jammertal mit Freudental verband.
Das Jammertal... Der Gedanke, daß der kleine Vampir vielleicht immer noch in der Burgkapelle über der *Chronik der Familie von Schlotterstein* saß und auf ihn wartete, rief ein unbehagliches Gefühl in ihm hervor, und er überlegte, ob er nicht doch noch zur Ruine fliegen sollte.

Aber dagegen sprach, daß ihn das Zusammentreffen mit Lumpi nervlich ziemlich angegriffen hatte. Und Rüdiger war nicht der Freund, der auf angegriffene Nerven Rücksicht nahm, sagte sich Anton, und so flog er nach Freudental weiter.
Ohne jeden Zwischenfall erreichte er den Landgasthof. Die meisten Fenster waren dunkel, aber im Fernsehzimmer brannte Licht. Bestimmt redeten Antons Mutter und Frau Tugendhaft noch über «empfehlenswerte» Bücher.
Und da es viel mehr langweilige als interessante Bücher gab, würden die beiden auch weiterhin genug Gesprächsstoff haben! dachte Anton grinsend.
Er flog um den Gasthof herum und landete auf dem kleinen Balkon vor seinem Zimmer. Die Balkontür war nur angelehnt – wie Anton sie verlassen hatte. Er trat ein und schloß die Tür hinter sich. Dann zog er sich aus, versteckte den Umhang im Schrank und ging ins Bett.

Gewichtsprobleme

Der nächste Tag verlief genauso öde, wie Anton es sich vorgestellt hatte. Zuerst gab es Frühstück mit Schinken und Eiern.
Dann brachen Antons Eltern zu einem Rundgang durch Freudental auf, und Anton trottete mißgelaunt hinterher.
Danach servierte Frau Tugendhaft ein üppiges Mittagessen, und Antons Vater ächzte: «Wenn das so weiter-

geht, nehme ich garantiert vier Kilo zu!» Worauf Anton mit einem Grinsen antwortete: «Nur vier?»
Anschließend hielten seine Eltern Mittagsruhe. Anton ging in sein Zimmer, um zu lesen - aber bald waren ihm die Augen zugefallen, und er schlief.
Nach dem Kaffeetrinken, zu dem Frau Tugendhaft eine riesige Kirschtorte auftrug, die sie «Freudentaler Schlemmerbombe» nannte, stöhnte Antons Mutter: «Hätte ich bloß keine Vollpension genommen!»
«Vollpension?» sagte Anton grinsend. «Aber so voll ist es hier doch gar nicht. Ich schätze sogar, wir sind die einzigen Gäste!»
Und hinterhältig setzte er hinzu: «Bis auf die Vampire natürlich. Aber die kann man wohl nicht unbedingt als Gäste bezeichnen!»
Doch seltsamerweise ärgerte Antons Mutter sich gar nicht über seine Bemerkung. Statt dessen sah sie ihn aus schmalen Augen mißtrauisch an.
«Vampire?» sagte sie. «Wie kommst du gerade jetzt auf Vampire?»
«Wie ich auf Vampire komme?» Anton deutete mit einem Kopfnicken auf die Kirschtorte. «Weil Vampire keine Gewichtsprobleme haben – deshalb!»
Diesmal gab seine Mutter ein erbostes, ärgerliches Schnauben von sich – und Anton grinste befriedigt.
Zum Abendessen briet Frau Tugendhaft wieder Kartoffeln mit Rührei und Schinken und – natürlich! – mit Zwiebeln, aber Anton war der einzige, der Appetit hatte und aß.
«Morgen müssen wir unbedingt einen Aktivtag einlegen», verkündete Antons Mutter mit einem tiefen Seufzer.

«Aktivtag?» wiederholte Anton. Das hatte ja richtig drohend geklungen!
Ich mache mir lieber eine Aktivnacht! kicherte er in sich hinein.
Laut sagte er: «Dann geh ich am besten in mein Zimmer und ruh mich vorher noch ein bißchen aus.»
Er stand auf, und bevor seine Mutter etwas erwidern konnte – oder ihn gar zu einem gemeinsamen *Mensch-ärgere-dich*-Spiel verdonnern konnte – hatte er das große, altmodisch eingerichtete Eßzimmer schon verlassen.
Er lief nach oben in sein Zimmer und öffnete die Balkontür. Draußen herrschte ein merkwürdiges Zwielicht: Es war nicht mehr Tag, aber auch noch nicht Nacht.
Auf jeden Fall wäre es sehr leichtsinnig, jetzt vom Balkon abzufliegen! überlegte Anton und blickte hinunter in den Garten. Von dort aus zu starten schien ihm sicherer zu sein.
Er kehrte ins Zimmer zurück und holte den Vampirumhang aus dem Schrank.
Dann versperrte er die Zimmertür von außen und steckte den Schlüssel in die Hosentasche.
Auf Zehenspitzen lief er die Treppe hinunter und trat in den Garten.

Panik

Leise ging Anton den moosbewachsenen Plattenweg entlang, auf den knorrigen alten Baum zu, unter dem er sein Zelt aufgeschlagen hatte. Von dort würde er abfliegen – aber erst, wenn es richtig dunkel geworden war! Und bis es soweit war, wollte er noch in seinem Zelt sitzen.
Er schob die Äste zur Seite – und ein eisiger Schreck durchfuhr ihn: Jemand hatte den Reißverschluß, den er am Nachmittag bei einem Spaziergang durch den Garten sorgsam zugezogen hatte, wieder aufgemacht! Nun stand der Eingang zum Zelt offen...
Anton spürte sein Herz wie rasend schlagen.
Wenn nun Tante Dorothee sein Zelt entdeckt hatte... dann lauerte sie vielleicht hier irgendwo auf ihn...?
Oder war es Lumpi gewesen?
Immerhin hatte er Anton gedroht.
Aber dann fiel Anton ein, daß es noch viel zu hell war – und daß unmöglich einer der Vampire in der Zwischenzeit den Reißverschluß aufgezogen haben konnte!
Vielleicht war es Frau Tugendhaft gewesen? Anton erinnerte sich, daß er gesehen hatte, wie sie vor dem Abendessen mit einem großen Korb voller Wäsche in den Garten gegangen war. Ja, *sie* hatte den Reißverschluß aufgezogen – Anton war ganz sicher!
Auf einmal mußte er fast lachen über die Panik, die er beim Anblick des offenen Zelteingangs empfunden hatte! Anscheinend waren seine Nerven durch das Zusammentreffen mit Lumpi doch stärker angegriffen, als er geglaubt hatte.

Jedenfalls konnte Anton nur hoffen, daß der heutige Abend etwas weniger aufregend werden würde!
Er kroch ins Zelt.
Sein Schlafsack lag zusammengerollt in der Ecke, so wie Anton ihn zurückgelassen hatte – und auch sonst war kein Anzeichen zu entdecken, daß irgend jemand hier drinnen herumgeschnüffelt hatte.
Eigentlich hatte Anton vorgehabt, den Schlafsack auszubreiten und es sich obendrauf bequem zu machen – schon aus Prinzip; denn immerhin war der Schlafsack ein Weihnachtsgeschenk gewesen, und Geschenke waren dazu da, daß man sie auch benutzte!
Aber nun war Anton innerlich so unruhig, daß er lieber gleich losfliegen wollte – und außerdem fand er, daß er lange genug gewartet hatte.
Er verließ das Zelt wieder und zog den Reißverschluß zu.
Inzwischen war es fast dunkel geworden.
Mit Herzklopfen streifte er den Vampirumhang über und spürte, wie sich ein freudiges Kribbeln in seinem ganzen Körper ausbreitete.
Und dieses Kribbeln nahm noch zu, als er die Arme ausbreitete, sie kräftig auf und ab bewegte und sich dann in die Luft erhob.

Ein Andenken an Graf Dracula

Anton flog dieselbe Strecke wie in der vergangenen Nacht. Nur landete er diesmal nicht am Rand des Tannenwäldchens, sondern flog weiter, bis er die halbzerfallene Ringmauer der Ruine vor sich sah.
Rasch steuerte er einen Baum an, der in der Nähe des Burgtores stand, und versteckte sich zwischen den Ästen.
Jetzt war Anton kaum einen Steinwurf von der Ruine und ihren gräßlichen Bewohnern entfernt – gräßlich jedenfalls, was die Verwandten von Anna und Rüdiger betraf...
Er spürte, wie ihn plötzlich der Mut verließ.
Der Gedanke, zu dem Landgasthof von Frau Tugendhaft zurückzufliegen – noch bevor ihn ein scharfes Vampiraugenpaar erspäht haben konnte –, durchzuckte ihn und war verlockend, äußerst verlockend!
Ein scharfes Vampiraugenpaar...
Während Anton zur Ruine hinüberblickte, kam es ihm auf einmal so vor, als hätte sich neben dem Burgtor etwas bewegt.
Jetzt hämmerte sein Herz wie verrückt.
Ja, er hatte sich nicht getäuscht: Da war jemand!
Eine große Gestalt in einem schwarzen Umhang umrundete mit langsamen Schritten das Burgtor: ohne Zweifel ein Vampir! Ob der Vampir auf jemanden wartete, möglicherweise sogar – Anton spürte, wie es ihm eiskalt über den Rücken lief – auf ihn...?
Seltsam war nur, daß der Vampir sich überhaupt nicht

umsah. Unverwandt musterte er den Erdboden, als würde er dort nach Spuren suchen – vielleicht nach... menschlichen Spuren?
Jetzt hörte Anton schlurfende Schritte, begleitet von einem klappernden Geräusch, und dann sah er einen zweiten, kleineren Vampir, der sich, auf einen Stock gestützt, aus dem verwilderten Garten der Ruine näherte.
Als der Vampir mit dem Stock das Burgtor fast erreicht hatte, rief er mit hoher, dünner Stimme: «Hast du ihn entdeckt, Wilhelm?»
‹Ihn?› Anton gefror das Blut in den Adern.
«Nein», antwortete der große Vampir dumpf. «Bisher noch nicht.»
Bestimmt war das Wilhelm der Wüste, der Großvater von Anna, Rüdiger und Lumpi, von dem der kleine Vampir berichtet hatte, er sei immer besonders hungrig...
«Dann laß doch die Sucherei!» sagte der Vampir mit dem Stock.
Ob das Sabine die Schreckliche war? Fröstelnd dachte Anton daran zurück, wie er sie im Sarg hatte liegen sehen – neben sich die *Chronik der Familie von Schlotterstein*, einen Krückstock, eine Tasche, Handschuhe und Pantoffeln. Sie hatte im Schlaf gelächelt, und Anton hatte ihre sehr weißen, sehr spitzen Vampirzähne gesehen...
«Aber ich muß ihn hier verloren haben!» erwiderte Wilhelm.
Anton horchte auf. ‹Verloren?›
Dann... dann suchte der große Vampir gar nicht nach *ihm*?
«Aber das ist doch reine Zeitverschwendung, was du da machst!» sagte der kleinere Vampir.

«Zeitverschwendung?» schnaubte Wilhelm. «Das nennst du Zeitverschwendung, wenn ich versuche, meinen silbernen Manschettenknopf wiederzufinden, den ich von Graf Dracula persönlich bekommen habe?»
«Es wäre Graf Dracula völlig egal, ob du ihn nun verloren hast oder nicht», antwortete der kleinere Vampir.
«Mir ist es aber nicht egal!» sagte Wilhelm. «Der Manschettenknopf ist mein einziges Andenken an ihn.»
Und in vorwurfsvollem Ton setzte er hinzu: «Die anderen Erinnerungsstücke hältst *du* ja unter Verschluß in *deinem* Sarg: Die schwarzen Samtpantoffeln, die Graf Dracula so gern angehabt hat, die perlenbestickte Tasche und die Handschuhe seiner – ach! – so früh und so tragisch verglühten Carmelia Gräfin Dracula!»
Jetzt wußte Anton, daß es tatsächlich Sabine die Schreckliche war!
«Bei mir sind sie auch am sichersten!» erwiderte Sabine die Schreckliche hoheitsvoll. «Schließlich bin ich in unserer Sippe einer der ältesten, erfahrensten und weitblickendsten Vampire.»
«Besonders weitblickend finde ich es nicht, wenn du *Rüdiger* erlaubst, unsere *Chronik von Schlotterstein* zu studieren», brummte Wilhelm.
«Davon verstehst du nichts!» entgegnete Sabine die Schreckliche. «Angesichts der Bedrohungen unserer Gattung muß jeder von Schlotterstein Bescheid wissen über die lange, ehrenvolle Geschichte unserer Familie.»
«Aber ausgerechnet Rüdiger...» sagte Wilhelm zweifelnd.
«Ja, gerade Rüdiger!» antwortete Sabine die Schreckliche und schwang zur Bekräftigung ihren Stock. «Er hat sich

entschlossen, reif und weise zu werden wie ein erwachsener Vampir – das sind seine eigenen Worte.» – «Wenn nur auch Anna endlich soweit wäre!» Sie seufzte.
«Und im übrigen», fuhr sie mit erhobener Stimme fort, «nimmt er seine Aufgabe sehr ernst, unser Rüdiger! Ich war gerade in der Burgkapelle und habe mich überzeugt, daß er fleißig und gewissenhaft studiert. Stell dir vor: Er ist schon beim Jahr dreizehn Vampirzeit angekommen.»
«Ach, wirklich?» sagte Wilhelm – nicht sehr beeindruckt, wie es Anton schien.
«Ja, bei dreizehn!» sagte Sabine die Schreckliche noch einmal. «Und jetzt werde ich losfliegen. Mein Magen –» sie kicherte, «knurrt schon gewaltig.»
Damit ließ sie ihren Stock unter dem Umhang verschwinden, machte ein paar Bewegungen mit den Armen und flog.
«Warte doch! Ich komme mit!» rief Wilhelm. «Ich werde morgen weitersuchen.»
Anton atmete erleichtert auf, als er die beiden davonfliegen sah.
Er wartete noch einen Moment.
Aber alles blieb ruhig.
Da erhob er sich vorsichtig in die Luft, flog über das Burgtor und landete im Garten der Ruine – neben ein paar halbhohen Büschen.

Mutterseelenallein

Von hier aus konnte Anton das Licht sehen, das durch die schmalen, vergitterten Fenster der Burgkapelle in den Hof fiel. Hoffentlich ist Rüdiger allein! dachte er beklommen.

Bei der Vorstellung, auch andere Verwandte des kleinen Vampirs – Tante Dorothee zum Beispiel oder Hildegard die Durstige – könnten in der Kapelle sein, um sich von Rüdigers Fleiß zu überzeugen, verspürte Anton einen eisigen Schauder.

Zögernd ging er auf die erleuchteten Fenster zu und blickte sich immer wieder besorgt um. Vor allem den Burgturm behielt er im Auge; denn Anna hatte ihm erzählt, daß die Plattform des Burgturms der bevorzugte Abflug- und Landeplatz der Vampire war.

Als Anton ein Schwirren in der Luft hörte, blieb ihm vor Schreck fast das Herz stehen. Aber dann erkannte er, daß es nur ein Vogel war.

Doch sein Herz schlug jetzt ganz unregelmäßig – und auf den letzten Schritten bis zur Burgkapelle wurden ihm die Beine immer schwerer.

Endlich hatte er die Kapelle erreicht.

Anton stellte sich auf die Zehenspitzen, um in das Innere spähen zu können – und beinahe hätte er vor Freude und Erleichterung einen Schrei ausgestoßen: Mutterseelenallein saß der kleine Vampir an dem Holzpult, den Kopf in die Hände gestützt, und las die *Chronik der Familie von Schlotterstein*.

Auf dem Pult brannten vier große weiße Kerzen, und wie

vor zwei Tagen auch, als er den kleinen Vampir zum erstenmal in der *Chronik* hatte lesen sehen, wurde die Burgkapelle von zwanzig oder noch mehr Kerzen erhellt, die auf dem Boden standen, in Nischen an den Wänden und auf Mauervorsprüngen. Eine richtige Festbeleuchtung, die für Anton einen großen Vorteil hatte: Er konnte in alle Ecken und Winkel der Kapelle blicken und sich auf diese Weise davon überzeugen, daß Rüdiger wirklich allein war.

Anton atmete auf.

Leise ging er zur Eingangstür der Kapelle und drückte die rostige Klinke herunter.

Mit einem schauerlichen Quietschen öffnete sich die schwere, eisenbeschlagene Tür.

Hastig – bevor einer von Rüdigers Verwandten, die vielleicht noch in der Nähe der Burgruine herumflogen, aufmerksam werden konnte – trat Anton in die Kapelle und machte die Tür hinter sich zu.

Ein eigenartiger, strenger Geruch schlug ihm entgegen – eine betäubende Mischung aus Kerzenduft und Moder.

Anton mußte husten, und so hörte sich sein freundlich gemeintes: «Hallo, Rüdiger!» eher gequält an.

Laß mich in Frieden!

Aber wie auch immer es geklungen haben mochte – der kleine Vampir hob nicht einmal den Kopf. Über die *Chronik* gebeugt saß er da, und nicht das kleinste Anzeichen verriet, daß er Anton überhaupt bemerkt hatte.

Anton machte ein paar vorsichtige Schritte in die Kapelle hinein.
War Rüdiger etwa... krank?
Oder konnte es sein, daß er ihn deshalb nicht beachtete, weil er wütend auf ihn war? Schließlich war Anton gestern nicht zu ihrer Verabredung gekommen!
«Ich wäre ja gekommen», begann Anton zaghaft – da blickte der kleine Vampir von der *Chronik* auf.
Seine Augen waren gerötet und verquollen, und in den Augenwinkeln glitzerten Tränen.
«Geh weg!» sagte der Vampir mit einer Stimme, aus der jeder Lebensfunke gewichen zu sein schien. «Geh weg und laß mich in Frieden!»
«Aber –» Anton schluckte. «Wir – wir sind doch Freunde! Ich... kann ich dir nicht helfen?»
«Helfen?» wiederholte der Vampir dumpf. «Mir kann keiner helfen, keiner außer...» Er brach ab.
«Oh, Olga!» rief er dann, und jetzt schluchzte er so laut, daß Anton erschrocken zur Tür zurückwich.
«Was ist mit Olga?» fragte Anton ahnungsvoll.
«Oh, diese gräßliche Nacht in Transsylvanien!» antwortete der kleine Vampir schmerzerfüllt. «Was muß Olga durchgemacht haben! Wie muß sie gezittert haben!»
«Die Nacht in Transsylvanien?» wiederholte Anton. War es möglich, daß Rüdigers Kummer mit einem Ereignis zusammenhing, von dem er in der *Chronik der Familie von Schlotterstein* gelesen hatte?
«Ach, wenn ich ihr doch sagen könnte, wie leid sie mir tut!» jammerte der kleine Vampir. «Das alles habe ich ja gar nicht gewußt!»
«Gewußt?» sagte Anton. «Was denn?»

Erneut schluchzte der kleine Vampir auf und suchte unter seinem Umhang nach einem Taschentuch. Schließlich förderte er ein graues, fleckiges Stück Stoff zutage, in das er sich lange und umständlich schneuzte.
«Das furchtbare Erlebnis im Schloßkeller», erklärte er heiser. «Der Schock, den Olga in jener entsetzlichen Nacht erlitten hat.» Er putzte sich ausgiebig die Nase.
Schließlich sagte er, um Fassung bemüht: «Aber vielleicht ist es gar nicht so schlecht, daß du heute hergekommen bist, Anton. Jetzt habe ich wenigstens jemanden, mit dem ich mein Leid teilen kann!»
«Dein Leid teilen?» fragte Anton argwöhnisch.
«Ja!» Der Vampir schniefte noch einmal, und dann fragte er mit auf einmal ganz veränderter, lebhafter Stimme: «Geteiltes Leid ist doch halbes Leid – sagt man nicht so?»
«Hm... kann sein», murmelte Anton.
«Na also! Dann komm.»
Und als Anton zögerte, rief er ungeduldig: «Was ist? Worauf wartest du noch?»
Voller Unbehagen näherte Anton sich dem Holzpult. Immerhin konnte er nicht wissen, auf welche Weise der kleine Vampir sein «Leid mit ihm teilen» wollte...
Doch Rüdiger schien mit seinen Gedanken ausschließlich bei der *Chronik der Familie von Schlotterstein* zu sein.
Sobald Anton das alte Holzpult erreicht hatte, sagte er mit knarrender Stimme: «Setz dich! Nun sollst du erfahren, was sich in dieser schrecklichen Nacht in Olgas Schloßkeller abgespielt hat.»
Setzen? Anton sah sich um. Noch immer gab es nur einen einzigen Stuhl in der Burgkapelle, und auf dem thronte Rüdiger.

Anton hatte die Wahl, entweder stehenzubleiben oder sich mit einem der Steine zufriedenzugeben. Er entschied sich für denselben großen Stein, auf dem er auch vor zwei Tagen gehockt hatte und der etwas weniger kantig war als die übrigen.
«Fangen wir an!» Der kleine Vampir räusperte sich und begann mit heiserer Stimme:

«Hörst du die *Chronik von Schlotterstein*
mußt du ernsthaft und gesammelt sein.
Drum wirf allen Ballast von dir ab
und mach dich offen wie ein Grab!»

Als er geendet hatte, blickte er Anton scharf an.
«Bist du ernsthaft und gesammelt?» fragte er.
«J-ja!» stotterte Anton, dem es bei dem Ausdruck ‹offen wie ein Grab› eiskalt über den Rücken gelaufen war.
«Gut!»
Mit seinen langen Fingern strich der kleine Vampir über das dünne, gelbliche Papier der Familienchronik, räusperte sich noch einmal und hob an:

Das Grauen im Schloßkeller

«Ach, bliebe mir doch erspart, zu berichten, was ich aus dem Munde des bedauernswerten Fräuleins Olga von Seifenschwein erfahren mußte. Meine Feder zittert und sträubt sich, die grauen-

haften Geschehnisse dieses 27. März des Jahres dreihundertundachtundfünfzig Vampirzeit hier in der Chronik niederzulegen. Aber es muß sein.
Um der kommenden Generationen willen, darf ich nicht schweigen, auf daß sie gewarnt sein mögen...
So vernehmt also, was unser Fräulein Olga von Seifenschwein über diese, ach so tragische Nacht zu erzählen wußte.
Gut gelaunt war Blasius von Seifenschwein in seinem Sarg erwacht, und wie es seiner Gewohnheit entsprach, trat er nun, ein Liedchen pfeifend, an den Sarg seiner lieben Angetrauten, Thusnelda von Seifenschwein-Thunichtguth, und öffnete den Sargdeckel für sie; denn Thusnelda ruhte in dem wertvollsten, größten und damit schwersten Sarg aus seiner – ach! – so berühmten Sargsammlung.
Thusnelda, soeben erwacht, verließ ihren Sarg, und leichten Schrittes ging sie in ihr angrenzendes Ankleidezimmer, um dort unter ihren – oh! – ebenso berühmten Gewändern ein Kleid für diese Nacht auszuwählen.
Blasius von Seifenschwein jedoch begab sich zum Sarg seiner Tochter – der reizenden, zu allerschönsten Hoffnungen Anlaß gebenden Olga –»

Als der kleine Vampir an diesem Punkt der Geschichte angekommen war, versagte ihm die Stimme. Er zog das schmutzige Stückchen Stoff hervor, und mehrmals mußte er sich schneuzen, bevor er weiterlesen konnte:

«– die –, sein vorsichtiges Klopfen schon erwartend –, in ihrem Kindersarg lag, der – klein und zierlich – innen ganz mit weißem Samt ausgekleidet war, bestickt mit dem Wappen derer von Seifenschwein.
Blasius – ein Herz von einem Vater: zartfühlend und rücksichtsvoll – bereits im Begriffe stehend, seine vermeintlich von lieblichen Träumen umfangene Olga zu wecken, zögerte und beschloß, ihr noch ein wenig Ruhe zu gönnen.
Statt dessen trat er nur an den Klingelzug, um seinen Bediensteten anzuzeigen, daß es Zeit wäre zu einem ersten Imbiß!
Wie alle von Seifenschweins legte auch Blasius großen Wert auf Komfort und Bequemlichkeit, und so gab es in seinem Schloß eine Schar dienstbarer Geister, die für das leibliche Wohl der Familie zu sorgen hatten – einfache Leute aus den Bergen, von denen Blasius annahm, daß sie zuverlässig und ihm treu ergeben wären, zumal er sie reich, ja fürstlich für ihre Dienste entlohnte...
Doch, o weh! – welch entsetzlicher verhängnisvoller Irrtum!»

Der kleine Vampir machte eine Pause.
Um seine Mundwinkel zuckte es, als würde er gleich in Tränen ausbrechen.
Anton hätte ihn gern getröstet. Aber er wußte nicht, wie er das anstellen sollte, und deshalb wartete er, bis Rüdiger sich einigermaßen gefaßt hatte und mit schwacher, tonloser Stimme fortfuhr:

«Nachdem er nun geläutet hatte, legte Blasius – oh, mir zittert die Feder! – seinen Umhang aus scharlachroter Seide an und besprengte sein Haar mit einer kräftig riechenden Essenz, wie er das stets vor dem Nachtmahl tat.
‹Thusnelda, bist du fertig?› rief er zu seiner Gattin hinüber. ‹Die Diener werden gleich da sein!›
‹Ja, ich komme!› antwortete Thusnelda aus dem Ankleidezimmer.
Oh, die Armen!
Noch wäre es möglich, zu fliehen … jetzt, jetzt gleich!!
Aber Blasius und Thusnelda wissen nicht, was sich ereignet hat: Auf und davon, die treulosen Diener; fort, alle fort …
Und nun sind Fremde im Schloß, Männer mit Fackeln und Holzpfl –, nein! meine Feder weigert sich, das Wort niederzuschreiben.
Oh, Blasius! Oh, Thusnelda! Sie glauben – nichtsahnend, wie sie sind – es wären ihre Diener, die da gegen die schwere Kellertür schlagen …
Ach, meine Feder sperrt sich, das Grauenvollste dieser Nacht niederzuschreiben …!
Blasius geht zur Tür, schiebt den Riegel zurück – und vor ihm stehen Fremde. Ihre Fackeln schwenkend, rufend und schreiend drängen sie herein, nehmen ihn und Thusnelda gefangen, führen sie als Gefangene fort aus ihrem eigenen Schloß!
Und Olga – die zarte, empfindsame Olga – hat alles mitangehört in ihrem Sarg …»

Der kleine Vampir seufzte tief.

«Die halbe Nacht hofft sie verzweifelt auf die Rückkehr der Eltern – vergebens. Da schleicht sie hinauf ins Schloß – oh, grauenhaft der Anblick: Zerschlagen die alten Möbel, zerschlagen das Porzellan, zerschlagen die Särge, gesammelt in Jahrzehnten, zusammengetragen aus allen Teilen der Erde...

Nur der Klappsarg – dieses außergewöhnliche, aber so unauffällige Stück – er steht noch in einem Winkel der Bibliothek, von den Mordbuben unentdeckt...

Olga nimmt den Klappsarg an sich, und bebend vor Angst und Sorge – ach, das arme, beklagenswerte Geschöpf! – verläßt sie das Schloß – gerade noch zur rechten Zeit. Denn kaum hat sie das freie Feld erreicht, da sieht sie das Schloß – ihr geliebtes Schloß Seifenschwein – in Flammen aufgehen...»

Leidgeprüft

Der keine Vampir gab ein verzweifeltes Schluchzen von sich und schlug die *Chronik der Familie von Schlotterstein* zu – so heftig, daß sich eine Staubwolke bildete, hinter der Anton ihn nur schemenhaft erkennen konnte. Verwirrt und verlegen stand Anton da. Der Bericht über die Ereignisse im Schloßkeller hatte ihn stark berührt.

Kein Wunder, daß Olga nach dem, was sie durchgemacht hatte, etwas selbstsüchtig geworden war!
Er hatte zwar schon durch Anna von den Vampirjägern erfahren, die in das Schloß von Olgas Eltern eingedrungen waren – aber Anna hatte bei ihrer Erzählung so unbeschwert gewirkt, daß Anton die Geschichte eher für eine vergnügliche Anekdote gehalten hatte – und nicht für

grausame Wirklichkeit. «Arme Olga!» sagte er.
Der kleine Vampir antwortete nicht, aber er schluchzte laut. Durch die Staubwolke, die sich allmählich lichtete, sah Anton, daß er seine Arme auf die *Chronik* gestützt und den Kopf in den Händen vergraben hatte.
«Sollten wir nicht darüber reden?» fragte Anton vorsichtig.
«Reden? Wozu?» kam die dumpfe Antwort.
«Meine Mutter sagt immer, dann wird einem leichter ums Herz.»
«Leichter ums Herz?» Zum erstenmal blickte der Vampir auf. «Nichts kann mir das Herz leichter machen, nichts und niemand – außer Olga!»
«Aber ein *bißchen* besser fühlst du dich schon – oder?» fragte Anton.
«Nein!» knurrte der Vampir. «Kein bißchen.»
«Aber du siehst gar nicht mehr so...» Anton suchte nach dem passenden Wort. Er dachte an die *Chronik der Familie von Schlotterstein* und an den schwülstigen Ton, in dem sie abgefaßt war.
Ein Grinsen unterdrückend, sagte er: «Nicht mehr so... leidgeprüft siehst du aus!»
«Leidgeprüft?» wiederholte der Vampir, offensichtlich geschmeichelt. «Ja, das stimmt», meinte er, «jedes Leid ist eine Prüfung.»
Nachdenklich zog er die Brauen zusammen und fragte: «Aber wenn ich die Prüfung bestanden habe – was passiert dann?»
Anton machte eine vielsagende Handbewegung. «Dann wirst du belohnt!»
«Belohnt...»

«Aber ich will gar nicht belohnt werden!» sagte der Vampir nach einer Pause düster. «Ausgenommen –»

«Ausgenommen was?»

«Ausgenommen: Wenn als Belohnung Olga zurückkehren würde!»

«Aber das kann nur Olga selbst entscheiden», erwiderte Anton.

Der kleine Vampir warf ihm einen finsteren Blick zu.

«Hab ich's doch gewußt!» knurrte er. «Es war völlig umsonst, das Reden. Nichts hat es bewirkt, gar nichts.»

«O doch, es hat etwas bewirkt», antwortete da eine helle Stimme. Sie kam von der Tür der Kapelle, und sie gehörte – Anna!

«Es hat bewirkt, daß ich euch gehört habe und eingetreten bin», sagte Anna und kicherte vergnügt.

«Wieso schleichst du draußen herum und spionierst anderen Leuten hinterher?» fuhr der kleine Vampir sie unwirsch an.

«Ich schleiche nicht herum», erwiderte Anna, «und spioniert habe ich auch nicht.» Zu Anton gewandt, fügte sie sanft hinzu: «Ich suche schon den ganzen Abend nach dir!»

«Nach mir?» sagte er verlegen.

«Ja! Ich habe eine Überraschung für dich.»

«Eine Überraschung?»

«Ja, wenn du jetzt mit mir kommst, zeige ich sie dir!»

«Mitkommen?» sagte Anton unsicher.

«Geh nur!» knurrte der kleine Vampir. «Ich habe sowieso noch zu tun.» Beinahe zärtlich strich er über den Goldeinband der *Chronik*. «Ich will nämlich herauskriegen, wie der Vetter heißt, den Olga in Paris hat.»

«Wie der – Vetter heißt?» wiederholte Anna.

«Allerdings!» bestätigte der kleine Vampir. «Anton hat mir von ihm berichtet. Und er weiß es von Olga. Sie hat es Anton persönlich anvertraut vor ihrer... ihrer... Abreise.»
«Ja, das stimmt!» sagte Anton hastig und zwinkerte Anna beschwörend zu. «Aber jetzt sollten wir gehen. Ich bin schon sehr gespannt auf die Überraschung.»
Anna lächelte – offenbar hatte sie verstanden!
Sie ging zur Tür, und Anton folgte ihr.
«Warte!» fauchte da der kleine Vampir.
«Ja?» Erschrocken blieb Anton stehen.
«Hast du 'ne Ahnung, ob dieser Vetter noch bei seinen Eltern wohnt?»
«Nein.» Anton war rot geworden. «Ich... ich habe dir alles gesagt, was ich weiß.»
«Nicht gerade viel, was du weißt!» brummte der Vampir. «Na los, du kannst gehen.»
«Und du bist nicht gerade höflich zu deinem besten Freund!» schimpfte Anna.
Dann schlug sie die Tür der Kapelle hinter ihnen zu.

Vampirzeit

«Das mit dem Vetter in Paris hatte ich ganz vergessen», entschuldigte Anna sich draußen vor der Kapelle. «Aber genützt hat es nicht viel, daß du dir damals, nach Olgas Abflug, die Geschichte mit dem Vetter ausgedacht hast...»

Sie seufzte. «Seitdem Rüdiger jeden Abend in der *Chronik* liest, ist bei ihm die Olga-Sehnsucht wieder ausgebrochen. Den Bericht über die Vampirjäger hat er garantiert schon hundertmal gelesen. Anschließend ist er immer völlig am Boden zerstört und jammert, er hätte Olga unrecht getan, und er müßte unbedingt mit ihr sprechen, um alles wiedergutzumachen.»
«Was will er denn wiedergutmachen?» fragte Anton.
Anna zuckte mit den Schultern. «Keine Ahnung. Wenn du mich fragst, dann hätte eher Olga einiges wiedergutzumachen.»
«Das kann man wohl sagen!» Mit einem Seufzer dachte Anton daran zurück, wie das Wohnzimmer seiner Eltern nach Olgas «Transsylvanischer Nacht» ausgesehen hatte.
«Und außerdem... die Sache mit den Vampirjägern liegt schon über hundert Jahre zurück!» erklärte Anna. «Nach so langer Zeit müßte sie wohl langsam darüber hinweggekommen sein.»
Sie schnaufte erbost.
«Aber Olga benutzt diese Geschichte immer noch», sagte sie dann. «Um bei anderen Vampiren Mitleid zu erwekken und um sie für sich und ihre Interessen einzuspannen.»
Anton hatte schweigend zugehört.
Jetzt fragte er vorsichtig: «Über hundert Jahre ist das her?»
Anna nickte.
«Was... was bedeutet eigentlich Vampirzeit?»
«Vampirzeit?» Anna machte ein ernstes Gesicht. «Unsere Zeitrechnung beginnt im Jahre 1476. Damals kam unser

aller Urahn, Graf Dracula, auf schreckliche Weise ums Leben.»
«Graf Dracula –» murmelte Anton und verspürte einen kalten Schauder.
«So, jetzt gehen wir in die Ruine!» sagte Anna und lächelte wieder. «Du willst doch sicher deine Überraschung sehen.»
Anton zauderte. «Was ist es denn?»
Sie kicherte. «Eine Überraschung ist eine Überraschung ist eine Überraschung.»
«Und wir müssen – in die Ruine?»
«Wenn du die Überraschung sehen willst...»
«Ich –» Anton zögerte.

Wahre Liebe...

«Und deine Verwandten?» fragte er nach einer Pause. «Wo sind die?»
Anna kicherte. «Willst du das wirklich wissen?»
«Ja!»
«Meine Eltern sind in Langer Jammer, meine Großeltern in Kurzer Jammer, Lumpi trifft sich mit Freunden –»
«Und Tante Dorothee?»
«Tante Dorothee? Die ist in die Stadt geflogen, zu unserer alten Gruft Schlotterstein!»
«Zu eurer alten Gruft?» sagte Anton überrascht.
«Ja! Sie macht ihren allwöchentlichen Kontrollflug.»
«Kontrollflug? Was kontrolliert sie denn?»

«Oh – sie guckt nach, ob die abscheulichen Arbeiten auf dem Friedhof beendet sind – damit wir endlich unsere angestammte Gruft wieder beziehen können.»
«Ach so ...» murmelte Anton.
«Oder glaubst du, wir wollten bis ans Ende unserer Nächte hier in diesem verlassenen Jammertal bleiben? Nein! Wir lassen uns nicht unterkriegen – schon gar nicht von einem Geiermeier oder Schnuppermaul!»
«Und außerdem», sagte sie, «vertragen wir die feuchte Luft in der Ruine nicht – gesundheitlich.»
«Gesundheitlich?»
«Ja. Husten, Schnupfen, Hexenschuß!» Anna gab ein Hüsteln von sich. «Aber nun werden es vielleicht nur noch ein paar Wochen oder Monate sein, bis wir in unsere alte Gruft Schlotterstein zurückkehren können! Und dann werde ich dich endlich wieder besuchen können, sooft ich will.»
Sie seufzte tief.
«Für mich ist das Warten nicht so schwer!» fuhr sie fort.
«Aber wie ist es bei dir?»
«Bei mir? Ich kann auch warten», antwortete Anton mit rauher Stimme.
«Ach, Anton!» Anna blickte ihn aus großen, glänzenden Augen an – so innig, daß er ganz unruhig wurde.
«Mit uns beiden ist es wirklich wie mit Tante Dorothee und Onkel Theodor!»
«Wie mit Tante Dorothee und Onkel Theodor?» sagte Anton. «Das verstehe ich nicht –»
«O doch!» antwortete Anna und lachte leise. «Ich habe es dir erzählt – das mit der wahren Liebe, die nie endet und jede Trennung überdauert.»

Anton spürte, wie sein Gesicht brennend rot wurde. Hastig wandte er sich ab.
«Die Überraschung», fragte er, « ist sie – im Festsaal?»
«Im Festsaal?» Anna lächelte verschmitzt. «Nein – richtige Überraschungen sind immer besonders gut versteckt.»
«Besonders gut versteckt?» Hoffentlich nicht im Keller der Ruine! dachte Anton. Schaudernd erinnerte er sich daran, wie er im Kellergewölbe die acht Vampirsärge entdeckt hatte und wie ihm dann die Taschenlampe aus der Hand gefallen und verloschen war...
«Komm, gehen wir!» sagte Anna.
Sie trat aus dem Schatten der Burgkapelle, und mit raschen Schritten strebte sie dem Eingang der Ruine zu.

Ganz in Weiß

Anton sah Anna die Eingangstür öffnen und in der Ruine verschwinden. Auf einmal war er allein im Burghof.
Er hastete zum Portal. Die Tür war nur angelehnt und gab ein tiefes Ächzen von sich, als Anton sie aufzog. Mit Herzklopfen trat er ein und schloß die Tür wieder hinter sich.
«Anna?» fragte er in das Dunkel hinein.
Keine Antwort.
«Anna, bist du hier?» fragte er noch einmal und merkte, daß seine Stimme ganz zittrig klang – und seltsam fremd in der hohen Eingangshalle.
Er tastete nach der Taschenlampe in seiner Hosentasche. Ob er es wagen sollte, sie einzuschalten?

Unschlüssig blieb Anton stehen, bis sich seine Augen soweit an das Dunkel gewöhnt hatten, daß er die zerbrochene Holztreppe erkennen konnte, die früher einmal in das obere Stockwerk geführt hatte, die drei schiefen Türen, durch die man in das Innere der Ruine gelangte – und das gähnende schwarze Kellerloch...

Anna entdeckte er nicht.

Sollte sie etwa nach unten, in den Keller gegangen sein?

Plötzlich fröstelte Anton, und jetzt holte er doch die Taschenlampe heraus. Er schaltete sie ein und leuchtete auf die oberste Treppenstufe. Aber in der dicken Schicht aus Steinen, Scherben und zersplittertem Holz konnten Annas Füße gar keine Abdrücke hinterlassen haben...

Nur die breite Schleifspur war noch da, die Anton entdeckt hatte, als er mit seinem Vater hier gewesen war, und die ... von einem Vampirsarg stammte.

Unwillkürlich schüttelte Anton sich.

Nein, er verspürte nicht die geringste Lust, noch einmal dieser Schleifspur zu folgen, wie er das vor drei Tagen getan hatte: die rutschigen Steintreppen hinunter, durch den engen, feuchten Kellergang bis zu der Öffnung in der Wand, durch die man – wenn man die Steine beiseite geräumt hatte – in den Geheimgang kam, der vor einer wurmstichigen Tür endete, hinter der die Vampire ihre Särge versteckt hatten...

Falls Anton aus irgendeinem Grund noch einmal dort hinuntersteigen *müßte*, dann... dann würde er das nur in Begleitung tun!

«Anna?» fragte er ein drittes Mal – und jetzt antwortete ein helles Kichern. Die linke der drei Türen wurde aufgestoßen – und Anton erblickte eine Gestalt in Weiß.

Er stieß einen Schrei aus, und dann richtete er mit zitternder Hand den Lichtstrahl seiner Taschenlampe auf die weiße Gestalt.
«He, du blendest mich!» rief die Gestalt – und da begriff Anton, daß die Gestalt in Weiß *kein* Gespenst war, sondern – Anna!
«Hast du mich aber erschreckt!» sagte er.
«Erschreckt?» Ihre Stimme klang gekränkt.
«Ich –» Anton hustete, «ich konnte ja nicht wissen, daß *du* es bist.»
«Nicht wissen, daß ich es bin?» wiederholte Anna. Sie schnaubte erbost, und dann sagte sie mit beleidigter Stimme: «Du hast wohl gehofft, es wäre Olga.»
«Gehofft, es wäre – Olga?» Jetzt war Anton gekränkt! «Ich bin doch nicht Rüdiger», antwortete er würdevoll.
Anna kicherte – offenbar wieder versöhnt.
«Und?» fragte sie. «Gefalle ich dir?»
«J-ja», sagte Anton verlegen.
«Ich meine: Mein Kleid! Findest du, daß es mir steht?»
«Dein Kleid?»
Anton betrachtete das Kleid, das aus weißem, reichlich angestaubtem Spitzenstoff bestand. Früher einmal mußte es sehr elegant gewesen sein – bevor die Motten es entdeckt und Löcher hineingefressen hatten.
Aber nicht nur die vielen Löcher störten Anton... das Kleid war viel zu lang für Anna. Der Saum schleifte über den Boden, und die Ärmel mit ihrem Spitzenbesatz hingen Anna bis über die Fingerspitzen.
Und zu weit war es auch.
Anna hatte zwar versucht, das Kleid passend zu machen, indem sie den breiten Gürtel gleich zweimal um ihre Taille

geschlungen hatte – aber das verstärkte nur den komischen Eindruck. Nein, es stand ihr überhaupt nicht, und Anton fand sie abscheulich in dem alten Ding!
Aber das durfte er ihr auf keinen Fall sagen, und so fragte er ausweichend: «Ist das Kleid die Überraschung?»
«Ja und nein...» antwortete sie geheimnisvoll. «Es ist nur der eine Teil davon.»
«Nur der eine Teil?»
«Ja! Zwei Teile müssen zusammenkommen – dann ist die Überraschung erst komplett!» erklärte Anna.
Möglicherweise war der zweite Teil ein Hut – ein ebenso abscheulicher Hut? überlegte Anton. Oder ein alter, mottenzerfressener Mantel?
Als hätte Anna seine Gedanken erraten, kicherte sie.
«Gehen wir, Anton!» sagte sie. «Dann siehst du den anderen Teil.»
«Und wo... ist er?»
«Geh einfach nur hinter mir her!»
Sie drehte sich um, was mit dem langen, schleppenden Saum gar nicht so einfach war, und stieß dieselbe Tür wieder auf, durch die sie eben gekommen war.
Anton hätte gern gewußt, wohin sie ihn führen wollte, aber er ahnte, daß es zu ihrer Überraschung gehörte, ihm das *nicht* zu verraten.
Mit sehr gemischten Gefühlen betrat er hinter Anna einen finsteren, muffig riechenden Flur.

Ein ganz besonderes Kleid

«Die Taschenlampe...» sagte Anton und musterte besorgt den mit Scherben übersäten Boden, «kann ich sie eingeschaltet lassen?»

«Aber ja!» antwortete Anna, die mit gerafftem Kleid vor ihm herstolzierte. «Ich habe dir doch gesagt, daß meine Verwandten alle unterwegs sind.»

«Und außerdem –» sie kicherte, «ohne Taschenlampe könntest du mein Kleid gar nicht richtig sehen, und das wäre doch schade.»

Schade? Eher im Gegenteil! dachte Anton. Wenn Anna immer so... so aufgeputzt herumlaufen würde, hätte er sich vermutlich nie mit ihr angefreundet!

«Und *deine* Überraschung könntest du auch nicht sehen», fügte sie vergnügt hinzu.

«*Meine* Überraschung?» sagte Anton betroffen.

Demnach bestand der andere Teil gar nicht aus einem Hut oder Mantel für Anna, sondern war für ihn, Anton, bestimmt...

«Aber du kannst mir doch andeuten, was es ist!» sagte er unruhig.

«Andeuten? Nun... sieh dir mein Kleid mal genau an...»

«Ich sehe es ja!»

«Merkst du nicht, daß es ein ganz besonderes Kleid ist?»

Ja, ein ganz besonders affiges! dachte Anton, aber das sagte er lieber nicht.

«Ein ganz besonderes?» wiederholte er deshalb nur.

«Und ob!» sagte Anna. «Aber wenn du das nicht selbst merkst...»
«Ich bin eben schwer von Begriff!» knurrte Anton.
«Das kann man wohl sagen», bestätigte Anna, heftig kichernd.
Anton preßte verärgert die Lippen zusammen.
Stumm ging er hinter Anna her, den Flur entlang, der kein Ende zu nehmen schien. Dieser Teil der Ruine wirkte noch erstaunlich gut erhalten – sogar mit Resten einer gelblichen Tapete an den Wänden.
Schließlich kamen sie an eine hölzerne Treppe, die so morsch und brüchig aussah, daß Anton fast verwundert war, als sie heil unten anlangten. Nun standen sie in einem Raum mit einer gewölbten Decke und eisernen Gittern in den Fenstern, die allerdings verrostet und halb zerbrochen waren.
«Das ist bestimmt das Burgverlies!» meinte Anton mit belegter Stimme.
«Nein, die Küche», antwortete Anna.
«*Das* ist die Küche?» staunte Anton.
«Das *war* sie», verbesserte Anna. «Aber jetzt müssen wir weiter.»
Sie durchquerte den großen Raum und öffnete eine niedrige, schief in den Angeln hängende Tür.
Anton folgte ihr in einen engen Flur, in dem der Modergeruch kaum zu ertragen war.
Auch dieser Flur schien sich endlos hinzuziehen.
Längst hatte Anton die Orientierung verloren, aber Anna setzte zielstrebig ihren Weg fort – bis sie vor einer primitiven, nur aus rohen Latten zusammengezimmerten Tür stehenblieb.

«Hinter der Tür ist der andere Teil der Überraschung!» erklärte sie.
«Hinter der Tür?»
«Ja! Willst du sie nicht aufmachen?»
«Ich?» Anton verspürte überhaupt kein Verlangen, sich die Überraschung anzusehen...
«Nun mach sie schon auf!» drängte Anna.
Zaghaft drückte Anton gegen die Lattentür – und war überrascht, als sie mühelos, ohne zu knarren oder zu quietschen, nach innen aufging.
Er blickte in eine finstere Kammer, aus der ihm ein merkwürdiger Geruch entgegenschlug... nicht nach Moder und Fäulnis, sondern nach Duftwässern und Riechkissen – so, wie es auch in dem großen Kleiderschrank seiner Oma roch.
Und tatsächlich: rechts in der Ecke entdeckte Anton jetzt einen schwarzen Schrank und daneben eine große schwarze Truhe...
Während er den Lichtstrahl seiner Taschenlampe dorthin richtete, fühlte er, wie er von Anna sanft in den Raum hineingeschoben wurde, und er hörte, daß Anna hinter ihnen die Tür schloß.
«Der Schrank –» fragte er beklommen. «Ist da drin die Überraschung?»
«Vielleicht...» antwortete Anna. «Aber warum guckst du nicht selbst nach?»
Zögernd näherte Anton sich dem Schrank.
Früher einmal mußte es ein schönes Möbelstück gewesen sein: mit einem großen ovalen Spiegel, der in das Holz eingelassen war. Aber nun war der Spiegel vollkommen schwarz.

Vorsichtig zog Anton an dem rostigen Griff der Tür – auch sie ging leicht auf, so als hätte jemand die Scharniere geölt.
Ein einziger Anzug hing im Schrank – ein schwarzer Frack mit schräg zulaufenden – Anton fiel der Ausdruck nicht ein, sagte man: Schößen? – und einer weißen, etwas angeschmutzten Weste.
«Schön, nicht wahr?» hörte er Annas Stimme. «Bestimmt paßt er dir!»
«Mir?» Plötzlich verstand Anton, was Anna mit ihrer Geheimnistuerei von «zwei Teilen, die erst zusammenkommen müssen», gemeint hatte: Ihr Kleid und dieser Anzug gehörten zusammen. Sie waren für ein Paar angefertigt worden, wahrscheinlich sogar für ... ein Hochzeitspaar!

Der andere Teil

«Ich ... ich glaube nicht, daß mir der Anzug paßt!» sagte Anton heiser.
«Nicht?» Anna machte ein betroffenes Gesicht. «Aber – mir paßt das Kleid doch auch.»
Sie blickte an sich herunter und errötete leicht. «Jedenfalls, so einigermaßen. Und außerdem gibt es Hilfsmittel.»
«Hilfsmittel?»
«Ja!» Sie griff in eine Tasche ihres Kleides und brachte zwei Sicherheitsnadeln zum Vorschein.
«Hier!» sagte sie stolz. «Die habe ich unter großen Schwie-

rigkeiten für dich besorgt – falls dir der Anzug zu weit sein sollte.»
Und bittend fügte sie hinzu: «Steig doch mal rein, Anton!»
«Ich weiß nicht...» sagte Anton unentschlossen.
Wenn ihm doch irgendein Grund einfallen würde, den er anführen könnte, um den Anzug *nicht* anzuziehen!
Aber ihm fiel nichts ein, und so streifte er sich schließlich die merkwürdige lange Jacke über.
«Siehst du?» erklärte er düster. «Sie schlottert.»
«Sie schlottert?» Anna kicherte. «Ach, Anton – dann bist du ja schon fast ein ‹von Schlotterstein›!»
Anton war rot geworden. «So meinte ich das nicht. Es... es ist nur ein Ausdruck – wenn etwas zu weit ist.»
«Ich finde, in der Jacke bist du sehr... eindrucksvoll!»
«Eindrucksvoll?»
«Ja! Ich würde mich sofort in dich verlieben – wenn ich's nicht schon wäre», erklärte Anna und kicherte wieder.
Verlegen wandte Anton sich ab.
«Aber – die Hose!» sagte er mit rauher Stimme. «Die paßt bestimmt nicht.»
«Das macht doch nichts», erwiderte Anna vergnügt. «Dann laß sie doch auch – schlottern!»
Zögernd nahm Anton die Hose vom Bügel. Sie war so lang und so weit, daß sie seinem Vater gepaßt hätte!
«Ziehst du sie jetzt über?» hörte er Anna fragen.
«Ich habe mich nämlich umgedreht», fügte sie hinzu. «Du kannst dich ganz ungestört umziehen. Und peinlich muß es dir auch nicht sein.»
«Es ist mir aber peinlich.»
«So? Warum denn?»

Anton hustete. «Ach, nur so.» Er vergewisserte sich, daß Anna ihn auch wirklich nicht beobachtete – dann legte er die Taschenlampe auf den Boden, zog rasch seine Jeans aus und stieg in die weite, ziemlich kratzige Hose.
Aber es war ja nur Anna, die ihn so sehen würde! dachte er dabei – obwohl «nur» natürlich nicht stimmte; denn von allen Mädchen, die er kannte, gefiel ihm Anna mit Abstand am besten. Wenn auch «Mädchen» in ihrem Fall nicht ganz der richtige Ausdruck war…

«Bist du fertig?» fragte sie.
«Gleich.» Er krempelte die Hosenbeine um.
«Du siehst bestimmt toll aus!» meinte Anna.
«Toll?» wiederholte Anton, der die Hose in der Taille festhalten mußte, damit sie ihm nicht bis in die Kniekehlen rutschte.
«Wahrscheinlich wie ein Clown...»
Ein Glück, daß der Spiegel in der Schranktür blind war und ihm sein eigener Anblick erspart blieb!
«Wie ein Clown?» Anna kicherte. «Kann ich jetzt gucken, Anton?»
«Von mir aus», sagte er und seufzte schicksalsergeben.
Anna drehte sich um – und stieß einen freudigen Schrei aus.
«Anton, du siehst wunderbar aus! Noch viel, viel besser, als ich geglaubt habe! Und gar nicht wie ein Clown, sondern wie ein feiner Herr.»
«So?» brummte Anton.
«Ja, und ich bin deine feine Dame!» Aufgeregt lief sie zu der großen Truhe.
«Etwas fehlt noch», erklärte sie. «Das I-Tüpfelchen sozusagen!»
«Das I-Tüpfelchen?» wiederholte Anton argwöhnisch.
«Ja!» Energisch stemmte Anna den schweren Deckel auf. Sie kramte in der Truhe und brachte einen schwarzen Zylinder zum Vorschein.
«Hier, den mußt du unbedingt aufsetzen!» sagte sie und reichte Anton den Zylinder.
«Aufsetzen?» Widerwillig nahm Anton das zerbeulte Ding entgegen.
«Ja. Und für mich muß auch noch etwas da sein...»

Wieder beugte Anna sich über die Truhe – als plötzlich draußen im Flur Schritte erklangen.
Dann rief eine Stimme: «Ist hier jemand?»
Es war – die Stimme von Tante Dorothee!
Vor Entsetzen war Anton wie gelähmt – unfähig, sich zu rühren oder zu sprechen. Er merkte kaum, daß ihm der Zylinder aus der Hand fiel und über den Boden rollte.
Da rief Tante Dorothee ein zweites Mal: «Ist hier jemand?»
«Schnell!» flüsterte Anna. «Versteck dich in der Truhe!»
Und als sie Antons schreckgeweitete Augen sah, fügte sie beruhigend hinzu: «Keine Angst, Tante Dorothee wird dich nicht entdecken. Vertrau mir!»
Ehe Anton richtig begriffen hatte, wie ihm geschehen war, lag er in der Truhe, zwischen alten Kleidern und Hüten, und sah, wie sich der schwere Deckel über ihm schloß – bis es pechschwarz um ihn herum war.
Im ersten Augenblick hatte Anton das Gefühl, er müßte ersticken...
Der Geruch nach Riechkissen und Duftwässern, den Anton schon beim Betreten der Kammer wahrgenommen hatte – er schien aus dieser Truhe zu kommen...

Bürste den Speck

Die Aufregung und der Schrecken, verbunden mit den betäubenden Gerüchen in der Truhe, mußten Anton für kurze Zeit die Besinnung geraubt haben; denn plötzlich

hörte er neben sich Stimmen: die helle Stimme von Anna, auf die Tante Dorothee mit ihrer dunklen, rauhen Stimme antwortete.
Durch das Holz der Truhe klangen die Stimmen gedämpft, aber Anton konnte genau verstehen, worüber Tante Dorothee und Anna sprachen:
«Und Geiermeier? Und Schnuppermaul?» fragte Anna.
«Geiermeier?» Tante Dorothee lachte heiser auf. «Der liegt im Krankenhaus.» – «Und hoffentlich kommt er nicht so bald wieder raus!»
«Und Schnuppermaul?»
«Der macht jetzt den Friedhofsdienst allein!» Wieder lachte Tante Dorothee ihr heiseres Lachen.
«Aber wie ist das alles gekommen?» wollte Anna wissen.
«Nun... Im letzten Moment hat uns ein gütiges Geschick diese wunderbaren Menschen beschert mit ihrer Bürgerinitiative ‹Rettet den alten Friedhof›!» antwortete Tante Dorothee.
«Stell dir vor, Anna: vierhundert Unterschriften haben sie gesammelt für die Erhaltung des alten Friedhofs – vierhundert! Ach –» sie seufzte tief, «ich hätte niemals gedacht, daß es so viele liebe Menschen gibt...»
«Sind Geiermeier und Schnuppermaul auch in dieser... Bürgerinitiative?» erkundigte sich Anna.
«Die doch nicht!» rief Tante Dorothee entrüstet. «Nein, die Bürgerinitiative hat sich gerade *gegen* die beiden und *gegen* ihre schändlichen – ha! – Renovierungsarbeiten gerichtet!»
«Ach so –» sagte Anna. «Aber woher weißt du das alles?»

«Woher ich das weiß?» Tante Dorothee lachte – ziemlich selbstgefällig, wie es Anton schien. Aber eine gutgelaunte, mit sich zufriedene Tante Dorothee würde ihm vielleicht weniger gefährlich werden als eine grimmige, schlechtgelaunte...

«Tja, Anna...» sagte Tante Dorothee, «ich habe eben so meine Verbindungen, meine – Informanten!»
«Informanten?» fragte Anna.
«Allerdings!» antwortete Tante Dorothee. «Also, paß auf: Man geht in die Zelle –»
«In die – Zelle? Aber Tante Dorothee...»
«In die Telefonzelle natürlich, du Dummerchen! Also, man wirft ein paar Münzen ein, wählt, und schon bekommt man seine Informationen!»
Nach kurzem Schweigen fragte Anna: «Aber, ich verstehe nicht... Wo ruft man denn an?»
Wieder lachte Tante Dorothee. «Das ist mein Geheimnis! Ich verrate nur soviel: Bürste den Speck!»
«Bürste den Speck?» wiederholte Anna.
«Ja, bürste den Speck!» sagte Tante Dorothee noch einmal und lachte schrill. «Oder, anders ausgedrückt: Kehre die Kruste! Weißt du nun, von wem ich spreche?»
«Nein», antwortete Anna ratlos.
Und auch Anton hatte keine Ahnung, wer der Informant von Tante Dorothee sein könnte... Während er noch darüber nachdachte, hörte er, daß Tante Dorothee begonnen hatte, in der Kammer umherzugehen. Schauerlich knackten die morschen Holzdielen unter ihrem Gewicht.
Und dann – ihm stockte das Blut in den Adern – setzte sie sich auf die Truhe!
Anton war ganz starr und wagte kaum zu atmen.
Mit Grausen dachte er daran zurück, wie er sich früher schon einmal vor Tante Dorothee hatte verstecken müssen – im Sarg des kleinen Vampirs – und wie Tante Dorothee gerufen hatte: «Ich rieche Menschenblut...»
Nur eine Hoffnung blieb ihm noch: Daß der Geruch der

Duftwässer und Riechkissen, der aus der Truhe kam, so stark war, daß er sogar seinen Menschengeruch überdeckte...

Und tatsächlich: Tante Dorothee nieste zweimal heftig, dann schnaubte sie: «Puh, dieser Gestank nach Lavendel und Rainfarn! Einfach unerträglich!»

Mit einem Ächzen erhob sie sich wieder und sagte: «Komm, Anna, jetzt geht's ans Packen!»

Ans Packen? Anton sträubten sich die Haare, und angstvoll erwartete er, jeden Moment würde sich der Deckel der Truhe öffnen, und er würde in das bleiche Gesicht von Tante Dorothee blicken...

Aber nichts dergleichen geschah.

Statt dessen hörte er Tante Dorothee zur Tür gehen und ungeduldig rufen: «Nun komm endlich, Anna! Oder willst du, daß ich unsere Särge allein packen soll?»

«Nein, natürlich nicht», antwortete Anna hastig. «Ich muß nur das Kleid ausziehen und in den Schrank hängen!»

«Du willst es ausziehen? Dracula sei Dank!» Tante Dorothee seufzte hörbar. «Für einen Vampir ist es wirklich äußerst unpassend.»

«Unpassend?» wiederholte Anna gekränkt.

«Allerdings!» bestätigte Tante Dorothee. «Unsereiner hat vor allem darauf zu achten, daß die Kleidung erstens: unauffällig, zweitens: praktisch und drittens: standesgemäß ist.»

«Aber du trägst ja auch dein Hochzeitskleid, wenn du Vampirtag hast!» entgegnete Anna erregt.

«Das ist etwas anderes», erwiderte Tante Dorothee hoheitsvoll.

«Etwas anderes?» Anna atmete laut und heftig. «Und wenn ich vielleicht auch jemanden treffe, den ich mag und der mich mag...?»
«Du?» Tante Dorothee lachte schrill. «Aber Theodor und ich haben zueinander gefunden, bevor wir...»
Weiter sprach sie nicht, sondern kicherte nur.
«Eben!» sagte Anna – aber so leise, daß es bestimmt nur Anton in der Truhe hören konnte. Er wurde über und über rot – doch zum Glück sah das niemand!
«So, ich gehe jetzt», hörte er Tante Dorothee sagen. «Und du kommst nach, sobald du das Kleid weggehängt hast. Aber beeil dich!»
«Ja!» sagte Anna. Ihre Stimme klang immer noch gekränkt.
Dann entfernten sich Tante Dorothees Schritte durch den langen Flur.

Einladung zum Heimkehr-Fest

Als sie verklungen waren, dauerte es noch eine Weile, bis der Deckel der Truhe geöffnet wurde, und Anna, mit der Taschenlampe in der Hand, zu Anton hereinschaute.
«So eine Gemeinheit!» schimpfte sie. «Tante Dorothee glaubt wohl, sie hätte als einzige das Recht, ein schönes Kleid anzuziehen.»
‹Schön›? dachte Anton zweifelnd und betrachtete Anna. Aber sie trug gar nicht mehr das weite Spitzenkleid, sondern wieder ihren gewohnten löchrigen Umhang.

«Und außerdem», fuhr Anna in verändertem, liebevollem Ton fort, «glaubt sie anscheinend, ich müßte bis ans Ende meiner Nächte einsam und allein bleiben.»

«Ha! Wenn sie wüßte...» Jetzt kicherte Anna, und dabei blickte sie Anton so innig an, daß ihm ganz heiß wurde. Schnell erhob er sich und stieg über den Rand der Truhe. Dabei sah er, daß Anna ein weißes Bündel unter dem Arm trug.

«Das Kleid», erklärte sie, als sie seinen Blick bemerkte. «Eigentlich wollte ich es hierlassen. Aber jetzt, nachdem Tante Dorothee so gemeine Sachen gesagt hat, nehme ich es auf jeden Fall mit in die Gruft. Und ich werde es auch anziehen – wenn wir unser Heimkehr-Fest feiern!»

«Euer Heimkehr-Fest?» wiederholte Anton, und ihm war sonderbar beklommen zumute. «Ihr... ihr könnt wirklich auf den Friedhof zurückkehren?»

«Ja!» Anna nickte lebhaft. «Tante Dorothee hat erzählt, die Leute aus dieser... Bürgerinitiative ‹Rettet den alten Friedhof› – sie hätten es geschafft, Geiermeier und Schnuppermaul zu stoppen. Gegen vierhundert Unterschriften wären selbst Geiermeier und Schnuppermaul machtlos, hat Tante Dorothee gesagt.»

«Komisch», meinte Anton nachdenklich. «Ich habe noch nie etwas von dieser Bürgerinitiative gehört.»

«Aber wenn ich davon gehört hätte», fügte er hinzu, «dann hätte ich natürlich sofort unterschrieben!»

«Und dann wären es vierhundertund*zwei* Unterschriften gewesen!» sagte Anna.

«Vierhundertundzwei?» wiederholte Anton überrascht.

«Ja! Was von dir kommt, zählt doppelt», antwortete Anna und kicherte.

Anton wandte verlegen den Blick ab. «Der Anzug...» sagte er. «Bestimmt soll ich den wieder in den Schrank hängen.»
«In den Schrank? Nein!» erwiderte Anna. «Den nimmst du mit. Und wenn wir unser Heimkehr-Fest feiern, ziehst du ihn an, und dann sind wir ein Paar!»
«Ich... ich weiß nicht, ob das eine gute Idee ist», wehrte Anton ab.
«Wieso? Denkst du, es wäre Diebstahl, wenn wir die Sachen mitnehmen?» fragte Anna. «Nein! Das Kleid und der Anzug hängen schon seit Jahrzehnten hier unten. Jetzt gehören sie uns – dir und mir.»
«Es ist nicht deshalb», antwortete Anton – betont vorsichtig, um Anna nicht zu kränken. «Das mit dem Heimkehr-Fest... ihr feiert doch sicher in der Gruft!»
«Sonst wäre es ja kein richtiges Heimkehr-Fest», antwortete Anna. «Aber du brauchst keine Angst zu haben, daß Geiermeier auftauchen könnte! Der hat sich so über die vierhundert Unterschriften geärgert, daß er einen Herzanfall bekommen hat – und jetzt muß Schnuppermaul den Friedhofsdienst ganz allein machen.»
«Es ist nicht wegen Geiermeier oder Schnuppermaul...» Anton räusperte sich.
«Ach so, du denkst an meine Verwandten!» Anna lachte unbekümmert. «Ihretwegen solltest du dir auch keine Sorgen machen. Wir malen dir einfach schwarze Schatten unter die Augen, cremen deine Haut mit Babycreme ein... so wie bei dem Vampirball. Damals hat auch niemand gemerkt, daß du ein Mensch warst!»
«Warst?» Anton schluckte. «Bin! Ich *bin* ein Mensch!»
Anna errötete. «Entschuldige, so habe ich das nicht

gemeint. Aber ich möchte dich doch unbedingt dabeihaben, wenn wir unser Heimkehr-Fest feiern. Du bist mir am wichtigsten von allen, Anton!»
«Und außerdem», fügte sie mit einem Blick auf die Tür hinzu, «will ich Tante Dorothee beweisen, daß ich längst jemanden getroffen habe, den ich mag und der mich mag.»
«Ich werd's mir überlegen», sagte Anton nach kurzem Zögern – obwohl er sicher war, daß es für ihn dabei nicht viel zu überlegen gab.
Aber er wollte Anna nicht enttäuschen; jedenfalls im Augenblick nicht.
«Wir sollten lieber gehen», sagte er, «bevor Tante Dorothee kommt, um nachzugucken, wo du bleibst!»
«Ja, du hast recht», stimmte Anna ihm zu.
Sie ging zum Schrank und kehrte mit Antons Jeans zurück.
«Hier!» sagte sie. «Ich hatte deine Sachen gut versteckt.»
Zusammen mit der Taschenlampe reichte sie Anton die Hose und ging zur Tür.
Anton legte die Jeans über den Arm und folgte Anna. Um ihr eine Freude zu machen, hob er im Vorbeigehen sogar noch den Zylinder vom Boden auf und nahm ihn mit.
Der Weg durch die vielen Gänge kam Anton diesmal weniger lang und verwirrend vor – obwohl ihm sein Herz bis zum Hals schlug.
Aber Tante Dorothee war ja mit dem Packen der Särge beschäftigt, und so erreichten sie die Eingangshalle, ohne ihr zu begegnen.

Kloß im Hals

Anna öffnete die schwere Eingangstür und schlüpfte hinaus. Gleich darauf kam sie zurück und berichtete: «Es ist alles in Ordnung. Du kannst unbesorgt losfliegen.»
«Aber die Taschenlampe solltest du lieber ausmachen», meinte sie dann und fügte mit einem Kichern hinzu: «Waldi der Bösartige ist nämlich ganz wild auf Taschenlampen!»
«Waldi der Bösartige?» wiederholte Anton beklommen, und hastig schaltete er die Lampe aus. «Hat der nicht heute Nagelkür?»
«Was soll er haben?» fragte Anna. «Nagelkür?»
«Ja. Lumpi hat mir davon erzählt.»
Sie lachte spöttisch. «Das ist bestimmt wieder so eine Idee aus ihrer blöden ‹Männergruppe›! Und bestimmt hat Jörg der Aufbrausende wieder ‹tolle› Preise ausgesetzt! Erster Preis: eine Woche in seinem Sarg; zweiter Preis: einen Knopf aus seiner Knopfsammlung, dritter Preis: einen Faden aus seiner Kuscheldecke... und so weiter und so weiter...»
«Und so weiter?» sagte Anton betroffen. «Wie viele sind denn in der Männergruppe?»
«Drei», antwortete Anna. «Lumpi, Jörg der Aufbrausende und Waldi der Bösartige.»
«Und Rüdiger?» fragte Anton überrascht. «Gehört Rüdiger nicht dazu?»
«Dracula sei Dank – noch nicht!» antwortete Anna. «In meinen Augen ist es auch nicht gerade eine Auszeichnung, zu dieser sogenannten ‹Männergruppe› zu gehören, in der

‹mann› offenbar nichts Besseres zu tun hat, als sich die Langeweile mit blödsinnigen Wettbewerben zu vertreiben.»

«Nein!» Sie lachte grimmig auf. «Solange Rüdiger *nicht* in diese Gruppe aufgenommen worden ist, besteht wenigstens noch Hoffnung für ihn!»

Und als Anton sie betroffen ansah, sagte sie mit einem Lächeln: «Aber wir beide sollten unsere Zeit nicht damit vergeuden, über Lumpi, Jörg und Waldi zu reden. Verrate mir lieber, wo ich dich morgen treffen kann.»

«Morgen?» sagte Anton verwundert. «Fliegt ihr nicht schon heute nacht zu eurer Gruft zurück?»

«Nein, unsere Tour de Sarg beginnt erst übermorgen», erklärte Anna. Und mit leuchtenden Augen fügte sie hinzu: «Oh, ich freue mich so!»

Sie seufzte tief.

«Ich freue mich so, daß wir zurückkehren können! Weißt du, für uns ist das ein ganz außergewöhnliches Ereignis – denn sonst müssen wir immer nur weiterziehen, von einem Ort zum anderen – heimatlos, gejagt, von niemandem geliebt!»

«Aber seit wir uns kennen, Anton», sagte sie sanft, «hat sich vieles verändert!»

Sie fuhr sich mit der Hand über die Augen, und auch Anton hatte plötzlich einen Kloß im Hals.

Leise bat sie: «Sag mir noch, wo wir uns morgen treffen können!»

«In Freudental», antwortete Anton mit rauher Stimme. «In dem Gasthof. Ich habe das Zimmer mit dem Balkon, und im Garten, unter einem Baum, ist mein Zelt.»

«Dann bis morgen!» sagte Anna, und bevor Anton etwas

erwidern konnte, wandte sie sich ab und lief zur Kellertreppe.
Anton wartete, bis sie verschwunden war.
Dann schaltete er die Taschenlampe ein und legte sie auf den Boden. In ihrem Licht zog er den Anzug aus und stieg aufatmend in seine Jeans.
Einen Moment lang zögerte er, ob er den Anzug und den Zylinder überhaupt mitnehmen sollte. Aber es blieb ihm gar nichts anderes übrig, falls er es sich nicht auf ewig mit Anna verderben wollte!
Nur... wie sollte er dann fliegen?
Schließlich hatte er eine Idee. Er band sich die Jacke mit ihren viel zu langen Ärmeln wie einen Gürtel um die Hüften und schlang die Anzughose darüber.
Und der Zylinder? Unschlüssig, ob er ihn nicht vielleicht doch hierlassen sollte, strich er mit den Fingern über den zerschlissenen Stoff – als der Zylinder plötzlich zusammenklappte. Es war – ein Klapp-Zylinder!
Anton stopfte ihn in seinen Hosenbund und hob die Taschenlampe vom Boden auf. Ein letztes Mal blickte er sich in der hohen Eingangshalle um. Aber nichts Ungewöhnliches war zu sehen, und so schaltete er die Lampe aus.
Dann drückte er den Griff der Eingangstür nach unten – und seufzte erleichtert, als sie sich fast lautlos öffnete.
Er machte ein paar zaghafte Schritte in den Burghof hinein. Aber auch hier war nichts Verdächtiges zu entdecken. Da steckte er die Lampe in die Hosentasche, bewegte die Arme auf und ab – und flog rasch davon.

Teils, teils

Am nächsten Morgen stand ein großes Tablett auf Antons Nachttisch – mit Brötchen und Butter, Müsli, Honig und Marmelade, einer Thermoskanne, einem gekochten Ei...

Anton blinzelte. Seine Verwirrung nahm noch zu, als er auf dem Teller einen Zettel entdeckte:

Lieber Anton,
las er in der Handschrift seiner Mutter, *wir gehen noch einmal zum Arzt. Vati hat immer noch so starke Schmerzen in der Hand. Vielleicht müssen wir auch zu einem Spezialisten fahren.*
Aber zum Mittagessen sind wir hoffentlich wieder da.
Mach Dir einen schönen Vormittag!
Im Zelt findest Du eine Überraschung!

Bis nachher, Mutti + Vati

Eine Überraschung? Anton spürte, daß er von Überraschungen im Augenblick ziemlich genug hatte!
Annas Überraschung – den alten, muffigen Anzug und den Klapp-Zylinder – hatte er nur mit Mühe im Schrank verstauen können. Und außerdem mußte er ja noch den Vampirumhang verstecken...
Vorsichtshalber hatte Anton gestern nacht sogar den Schrankschlüssel abgezogen und ihn unter seinem Kopfkissen versteckt. Er tastete danach – zum Glück, der Schlüssel war noch da! Anton nahm den Schlüssel und streckte langsam die Beine aus dem Bett.
Dabei fiel ihm wieder ein, was in dem Brief gestanden hatte: *Vielleicht müssen wir auch zu einem Spezialisten...*
Ob die Verletzung so schlimm war, daß sie möglicherweise – vorzeitig abreisen mußten?
Bei diesem Gedanken grinste Anton – obwohl er es natürlich ungerecht fand, daß er sich freuen konnte, während sein Vater scheußliche Schmerzen hatte. Aber wenn die Vampire wieder ihre alte Gruft bezogen, wollte Anton auch nicht länger hierbleiben!

Auf jeden Fall war er inzwischen richtig dankbar, daß seine Mutter so rasch gekommen war und daß *sie* sich nun um alles kümmerte!
Er schob sich ein Brötchen in den Mund und griff nach seinen Jeans.
Warum das Tablett wohl in seinem Zimmer stand? überlegte er. Ob er heute morgen etwa allein in dem großen alten Gasthof war?
Keine sehr erfreuliche Vorstellung! fand Anton.
Aber dann – als er gefrühstückt hatte und langsam die Treppe nach unten ging – stellte er fest, daß er doch nicht ganz allein war: Ein kräftiger, rothaariger Mann putzte die Fenster, und eine dünne Frau mit sehr blonden Haaren wischte den Fußboden mit einem feuchten Lappen auf.
Anton räusperte sich.
«Frau Tugendhaft –» begann er. «Ist sie nicht da?»
Die Frau hob den Kopf. «Guten Morgen, junger Mann!» sagte sie – ziemlich giftig, wie Anton fand. Überhaupt erinnerte sie ihn unangenehm an Frau Giftich – Giftich mit ch –, die mit ihm und dem kleinen Vampir in einem Abteil gesessen hatte, damals auf ihrer Fahrt zu dem Bauernhof in Klein-Oldenbüttel. Sie hatte dieselbe superblonde Haarfarbe – bestimmt aus der Tube! – und trug sogar eine Brille.
«Morgen», brummte Anton – extra unfreundlich.
«Die Chefin ist einkaufen», erklärte jetzt der Mann. «Bist du der Sohn von dem Herrn mit der schlimmen Hand?»
Anton grinste in sich hinein. «Von dem *Herrn* mit der schlimmen Hand?» antwortete er gedehnt. «Teils, teils.»

«Wie – teils, teils?» sagte die Frau unwirsch. Sie und der Mann starrten Anton mißtrauisch an.
«Na ja...» Jetzt grinste Anton breit. «Ich würde nicht sagen, daß mein Vater ein *Herr* ist – aber eine verletzte Hand hat er schon.»
«Unverschämtheit!» zischte die blonde Frau und wandte sich verärgert ab.
«Deine Eltern haben eben angerufen», erklärte der Mann, der sich offenbar nicht so leicht aus der Fassung bringen ließ.
«Wir sollen dir etwas ausrichten.»
«Ausrichten? Mir?» sagte Anton erschrocken – in böser Vorahnung, daß sie möglicherweise bereits nach dem Mittagessen abreisen müßten! Und was sollte dann aus seiner Verabredung mit Anna heute abend werden...?
«Ja. Deine Mutter läßt dir sagen, daß sie doch länger beim Arzt warten müssen.»
«Ach so –» sagte Anton erleichtert. «Ja, dann...»
Und mit hocherhobenem Kopf spazierte er direkt auf den Eimer mit dem Wischwasser zu. Erst kurz vor dem Eimer bremste er ab, so daß er ihn fast umwarf.
«Unglaublich! Wer so einen frechen Sohn hat, kann wirklich kein *Herr* sein!» schimpfte die Frau.
Was sie noch sagte, hörte Anton nicht mehr; denn da hatte er schon die Tür, die in den Garten führte, hinter sich geschlossen.

Leselust

Als Anton den Gartenweg entlangging, auf den großen Baum zu, unter dem sein Zelt stand, spürte er, daß er jetzt richtig gute Laune hatte.

Er fing an, ein Lied zu singen: «Es tanzt ein Vi-Va-Vampirkind in unserm Kreis herum, vi-de-vam, es rüttelt sich, es schüttelt sich, es wirft den Umhang hinter sich...» nach der Melodie von «Es tanzt ein Bi-Ba-Butzemann».

Der Text allerdings stammte von Olga; anläßlich der Transsylvanischen Nacht in Antons Wohnung hatte sie ihn gesungen. Und Anton fand, daß Olgas Text viel besser war als der ursprüngliche – und viel zeitgemäßer; denn wer glaubte heute noch an Butzemänner?

Noch immer singend, erreichte Anton das Zelt. Er zog den Reißverschluß auf und spähte hinein. Die rote Zeltbahn dämpfte das Licht, so daß im Zelt eine seltsame, irgendwie romantische Stimmung herrschte.

Das würde Anna gefallen! dachte Anton – und wie schon manches Mal spürte er ein starkes Mitgefühl für sie, weil sie nur nachts unterwegs sein konnte und weil sie so vieles nicht erleben konnte – obwohl er«leben» nicht ganz der passende Ausdruck war...

Er kroch in das Zelt, und da sah er auf dem zusammengerollten Schlafsack ein Buch liegen. Ob das Buch die Überraschung sein sollte, von der seine Mutter geschrieben hatte?

Bestimmt «Robinson Crusoe»! dachte Anton verächtlich – eine modernisierte, für die Jugend überarbeitete Fassung... puh! Doch dann bemerkte er, daß der Umschlag

des Buches schwarz war, pechschwarz – und das weckte seine Neugier.
Er nahm das Buch in die Hand und schlug die erste Seite auf. «‹Der Vampir von Amsterdam›» las er halblaut vor. «Unheimliche Geschichten aus aller Welt...»
Darunter war ein Stempel zu erkennen – schon ziemlich verwischt, aber Anton konnte doch *Gemeindebücher* – und *Freudent* – entziffern sowie die Signatur: *KV 24*.
«Gemeindebücherei Freudental...» murmelte er und wurde rot bei dem Gedanken, daß er Frau Tugendhaft unterstellt hatte, bei ihren Lese-Nachmittagen im Feuerwehrhaus würde sie den Kindern nur lahme, einschläfernde Lesekost vorsetzen.
Und was die angebliche Leseunlust der Freudentaler Kinder betraf: Das Buch «Der Vampir von Amsterdam» mußten sie geradezu verschlungen haben, so abgegriffen und fleckig waren der Umschlag und die Seiten!
Tja! Anton grinste. Man mußte eben die richtigen Bücher anbieten... und schon kam Leselust auf!
Er schlug die Plane am Zelteingang zurück, damit mehr Licht hereinfiel. Dann machte er es sich auf dem Schlafsack bequem und vertiefte sich in die erste Geschichte:
«Der Vampir», geschrieben von William Polidori, die mit den aufregenden Sätzen begann:
«In der Zeit der winterlichen Bälle und Vergnügungen der Londoner tonangebenden Gesellschaft machte ein wegen seines sonderbaren Wesens auffallender Edelmann von sich reden, über dessen Lebenswandel die verschiedensten Versionen verbreitet wurden. Inmitten der ihn bei solchen Anlässen umgebenden Fröhlichkeit und Ausgelassenheit blieb er meist zurückhaltend, ja bis auf die üblichen Höflichkei-

ten scheinbar unbeteiligt. Doch ein Blick aus seinen grauen, auf seltsame Weise wie seelenlos glänzenden Augen bewirkte selbst bei den Unbefangensten eine unerklärliche Erregung, die ihre unbeschwerte Heiterkeit verdrängte und ein Gefühl der Unsicherheit, verbunden mit leisem Schauder, hervorrief...»
Auch Anton spürte einen leisen Schauder, und mit Herzklopfen las er weiter.

Dann fällt der Abschied nicht so schwer

«Anton? Bist du im Zelt?»
Er schreckte hoch. Das war die Stimme seiner Mutter!
«Ja», brummte er und schlug das Buch zu – ziemlich ärgerlich, weil seine Mutter ihn wieder einmal an der spannendsten Stelle einer Geschichte unterbrochen hatte!
Dann allerdings fiel ihm ein, daß es etwas gab – etwas aus dem wirklichen Leben –, das noch viel spannender war!
«Was ist mit Vatis Hand?» fragte er, als seine Mutter zu ihm ins Zelt kam.
«Ja, die Hand –» sagte sie mit bekümmerter Miene. «Du wirst bestimmt sehr traurig sein über das, was ich dir jetzt erzählen muß.»
«Ist es denn *so* schlimm?» fragte Anton und bemühte sich, ein geknicktes Gesicht zu machen. Dabei ahnte er schon, was seine Mutter ihm erzählen würde. Aber er durfte sie unter keinen Umständen merken lassen, daß es sein eigener brennender Wunsch war, nach Hause zurückzufahren!

«Der Arzt meint, es könnte auch ein Finger gebrochen sein», erklärte seine Mutter.

«Gebrochen?»

«Ja, möglicherweise. Jetzt muß die Hand erst mal geröntgt werden. Und weil sie hier kein Gerät dazu haben, sondern nur in der Stadt ...»

Sie machte eine Pause und blickte Anton mitfühlend an.

«Also: Vati und ich haben gedacht, daß wir am besten den Urlaub hier abbrechen und nach Hause zurückfahren.»

«Nach Hause zurück?» tat Anton empört.

Seine Mutter nickte. «Das ist das Vernünftigste, Anton. Denk doch mal an Vati – wie stark seine Schmerzen sind. Willst du denn nicht, daß ihm geholfen wird – richtig geholfen?»

«Doch!» sagte Anton – mit seiner unfreundlichsten Stimme. Aber wenn er zu rasch einlenkte, würde seine Mutter noch mißtrauisch werden!

«Und mein Zelt? Und der Schlafsack?» knurrte er.

«Was hältst du davon, wenn wir dir erlauben, heute nacht im Zelt zu schlafen?»

«Das würdet ihr erlauben?»

«Ja – damit du nicht allzu traurig bist. Und noch etwas haben wir uns überlegt!»

«Noch etwas?»

«Ja! Wenn wir wieder zu Hause sind und wenn es Vati etwas besser geht... dann darfst du eine Party geben. Du mußt uns allerdings versprechen, daß du diesmal etwas pfleglicher mit unseren Sachen umgehst!»

Ich? dachte Anton entrüstet. Olga und Rüdiger waren es gewesen, die bei der Transsylvanischen Nacht im Wohn-

zimmer seiner Eltern «wie die Vandalen gehaust» hatten – so der Ausdruck seines Vaters – und keineswegs er, Anton. Im Gegenteil: zusammen mit Anna hatte er versucht, die Spuren wieder zu beseitigen!
«Ich darf eine Party geben?» sagte er ungläubig.
Seine Mutter hatte nämlich erklärt, die Transsylvanische Nacht sei die letzte Party gewesen, die er zu Hause gefeiert hätte!
«Willst du etwa nicht?» fragte sie nun – verwundert, daß er sich so wenig begeistert zeigte.
«Schon –» sagte Anton gedehnt.
«Und dann lädst du all deine Schulfreunde ein», schlug sie vor, «und ein paar aus der Nachbarschaft, Ole, Sebastian, Udo, Tatjana...»
Anton hatte Mühe, nicht zu grinsen.
Und Rüdiger und Anna! ergänzte er in Gedanken – aber er war klug genug, seine besten Freunde nicht zu erwähnen.
Antons Eltern wußten zwar, daß die beiden umgezogen waren... aber sie ahnten nicht, daß ihre Rückkehr unmittelbar bevorstand!
«Hm, ja, klingt nicht schlecht», brummte er.
Nach einer Pause fragte er vorsichtig: «Und wann fahren wir zurück?»
«Morgen, nach dem Frühstück», antwortete seine Mutter.
«Was, schon nach dem Frühstück?» sagte Anton in gespielter Entrüstung.
«Ja! Aber denk an die Party, Anton», sagte seine Mutter. «Und denk an die Nacht im Zelt. Dann fällt dir der Abschied nicht so schwer!»

«An die Nacht im Zelt...»
Komisch – jetzt, wo es ihm erlaubt war, fand Anton den Gedanken gar nicht mehr so reizvoll.

Dein Wunsch ist mir Befehl

Und sein Unbehagen wuchs, je mehr der Tag sich dem Ende zuneigte...
Beim Abendbrot brachte Anton kaum einen Bissen herunter, obwohl das Essen diesmal noch reichlicher und noch leckerer war als sonst.
«Anton, du ißt ja gar nichts!» bemerkte seine Mutter und musterte ihn besorgt. «Ist dir der Abschiedsschmerz so auf den Magen geschlagen?»
«Hm, schon möglich», murmelte er.
«Und blaß siehst du auch aus!» Sie wechselte einen Blick mit Antons Vater.
Vorsichtig sagte sie dann: «Vielleicht solltest du lieber nicht im Zelt schlafen.»
«Was? Ich soll *nicht* im Zelt schlafen?» tat Anton empört.
Insgeheim war er sogar sehr erleichtert über diesen Vorschlag seiner Mutter; denn nun brauchte er nicht zuzugeben, daß ihm selbst sehr mulmig war bei der Vorstellung, diese Nacht unter freiem Himmel zu verbringen – nur durch eine dünne Stoffbahn vor den Vampiren geschützt, die sich möglicherweise für ihren Rückflug noch «stärken» wollten...

Aber das ließ er sich natürlich nicht anmerken!

«Wenn *du* meinst...» sagte er und fügte hinzu: «Dein Wunsch ist mir Befehl!»

Sie lachte. «Dann wünsche ich mir jetzt, daß du in dein Zimmer gehst und dich ins Bett legst. Und glaub mir: Morgen wirst du dich bestimmt viel besser fühlen.»

Anton setzte eine finstere Miene auf. «Ausgerechnet morgen, wenn wir von hier wegfahren, soll ich mich besser fühlen?»

«Nein! Morgen, wenn wir wieder zu Hause sind und wenn du all deine alten Freunde wieder um dich hast.»

Jetzt mußte Anton doch grinsen.

«Ja, das stimmt!» sagte er. «Wenn ich all meine alten Freunde wieder um mich habe...»

Er stand auf und ging zur Tür.

«Gute Nacht und gute Besserung», rief ihm seine Mutter hinterher.

Gute Besserung? Anton warf einen raschen Blick zurück – zu seinem Vater, der seit dem Arztbesuch die verletzte Hand dick verbunden in einer Armschlinge trug.

Wenn jemand Genesungswünsche brauchte, dann wohl kaum er, Anton!

Aber er sagte nichts.

Daß seine Mutter ihn für schonungsbedürftig hielt, hatte durchaus seine Vorteile: Anton konnte ziemlich sicher sein, daß sie ihn in seinem Zimmer ungestört lassen würde!

Nur geträumt

Trotzdem schloß Anton die Zimmertür ab. Dann legte er sich aufs Bett, um zu lesen. Draußen war es noch so hell, daß er die Lampe auf dem Nachttisch nicht einschalten mußte. Er nahm das Buch «Der Vampir von Amsterdam» und suchte die Stelle, an der ihn seine Mutter heute nachmittag unterbrochen hatte.
Doch als er sie gefunden hatte, konnte er sich nur mit Mühe auf das Gelesene konzentrieren – obwohl «Der Vampir» eine sehr spannende Geschichte war.
Aber es war eben nur eine Geschichte, und die Frage, was die Zukunft für den kleinen Vampir und seine Familie wohl bringen würde, bewegte Anton viel mehr.
Als es draußen zu dämmern begann, legte er das Buch zur Seite, öffnete die Balkontür und trat hinaus. Eine Weile stand er da und blickte sich unruhig um – aber Anna entdeckte er nicht.
Schließlich ging er ins Zimmer zurück und streckte sich wieder auf dem Bett aus. Ohne die Lampe einzuschalten, horchte er auf die Geräusche, die durch die weit geöffnete Balkontür an sein Ohr drangen: vereinzelte Vogelstimmen, leises Rascheln und Knacken aus dem Garten.
Anton mußte eingeschlafen sein; denn plötzlich zwickte ihn etwas am Ohr. Mit einem Schrei fuhr er in die Höhe – und blickte in das bleiche Gesicht des kleinen Vampirs.
«Rüdiger?» sagte er erschrocken.
Der Vampir grinste. «Freudige Überraschung, wie?»
«J-ja», stotterte Anton. Die Lampe auf dem Nachttisch

brannte – wahrscheinlich hatte der kleine Vampir sie eingeschaltet.
In ihrem Licht blickte Anton sich verwirrt im Zimmer um. «Wo ist Anna?»
«Anna, Anna!» schnaubte Rüdiger. «Das ist wohl das einzige, was dir einfällt.»
«Entschuldige!» stammelte Anton. Wenn er nicht so verwirrt gewesen wäre, hätte er keinesfalls zuerst nach Anna gefragt – schließlich kannte er die Überempfindlichkeit des kleinen Vampirs in dieser Beziehung!
«Ich ... ich hatte gerade von Anna geträumt», versuchte er sich herauszureden.
«Von Anna?» sagte der Vampir unfreundlich. «Du solltest lieber von mir träumen.»
«Sei froh, daß ich nicht von dir geträumt habe», erwiderte Anton. «Es war nämlich ein scheußlicher Traum.»
«Und was war so scheußlich daran?»
«Nun ...» Anton hatte natürlich gar nichts geträumt – oder zumindest konnte er sich an seinen Traum nicht mehr erinnern.
«Schieß endlich los!» sagte der Vampir ungeduldig.
«Also ...» begann Anton, um Zeit zu gewinnen.
Dann auf einmal hatte er eine Idee. «Ich habe geträumt, daß Anna mit einem Blumenstrauß in ein großes graues Haus gegangen ist.»
«Ja, und?»
«Und in dem großen grauen Haus ist sie einen Flur entlang gegangen und vor einer Tür mit der Nummer ... äh ... 13 stehengeblieben. Anna hat angeklopft, und eine Frau mit einem weißen Häubchen – eine Krankenschwester – hat aufgemacht.»

«Eine Krankenschwester?» rief der kleine Vampir.
«Aber das ist ja wunderbar: Anna in einem Krankenhaus!»
«Wunderbar findest du das?» sagte Anton verblüfft.
«Aber ja!» Der Vampir rieb sich vergnügt die Hände. «Denk doch mal daran, was die Hauptarbeit einer Krankenschwester ist: den Leuten das Blut abzapfen, hihi!»
Der kleine Vampir gab ein heiseres Gelächter von sich, bei dem es Anton eiskalt über den Rücken lief.
Ganz offensichtlich war es keine gute Idee gewesen, die Traumgeschichte ausgerechnet in einem Krankenhaus spielen zu lassen...
«Und was passierte dann?» fragte der Vampir, und schaudernd sah Anton, wie er sich mit der Zunge über seine schmalen, ziemlich blutleer aussehenden Lippen fuhr.
Anton schluckte. Heiser sagte er: «Also: Anna hat angeklopft, und eine Krankenschwester hat aufgemacht...»
«He! Das hast du schon mal erzählt», protestierte der Vampir. «Ich will endlich wissen, was danach passiert ist!» Und mit einem Kichern setzte er hinzu: «Ob Anna an die Flaschen mit dem abgezapften Blut rangekommen ist!»
«In dem Zimmer waren gar keine... Flaschen», erwiderte Anton, dem immer unbehaglicher zumute wurde.
«Keine?» Rüdiger sah Anton überrascht an, und eine steile Falte bildete sich zwischen seinen Augenbrauen. «Ja, aber was war dann in dem Zimmer?»
«Hm, also...» Anton zögerte – unsicher, ob er mit dem Clou der Geschichte, so wie er ihn sich vorhin ausgedacht hatte, überhaupt herausrücken sollte.
Aber da ihm auf die schnelle nichts anderes einfiel, sagte er es schließlich doch: «Geiermeier war in dem Zimmer.»

«Geiermeier?» rief der Vampir, und Haß und Abscheu blitzten aus seinen Augen.
Dann, ganz plötzlich, veränderte sich der Ausdruck seiner Augen, und ungewöhnlich sanft meinte er: «Ach, jetzt verstehe ich: Anna wollte ihm einen Denkzettel verpassen – damit er begreifen sollte, daß er uns in Frieden lassen muß, wenn er aus dem Krankenhaus wieder rausgekommen ist!»
«Genau!» sagte Anton.
«Und der Blumenstrauß?» fragte der Vampir nach kurzem Überlegen. «Was wollte Anna mit dem?»
«Ja, der Blumenstrauß...» murmelte Anton verlegen. Der Strauß paßte wirklich nicht in seine Traumgeschichte! Nur... jetzt, im nachhinein, konnte Anton den Blumenstrauß nicht einfach wieder verschwinden lassen... «Vielleicht wollte sie damit dem Denkzettel irgendwie – Nachdruck verleihen», sagte er; nicht sehr überzeugend, das merkte er selbst.
«Wie – Nachdruck verleihen?» fragte Rüdiger verständnislos. «Wollte sie Geiermeier den Strauß etwa geben?»
«Ja.» Anton spürte, wie er rote Ohren bekam.
«Aber ich habe es ja nur geträumt», sagte er hastig. «Und außerdem hatte ich dich vorher gewarnt, daß es ein scheußlicher Traum war!»
«Hm, stimmt», kicherte der Vampir.
«Aber beim nächstenmal träumst du von *mir*», sagte er. «Und zwar etwas Schönes, etwas – sehr Schönes!»

Ein Liebesdienst

«Übrigens –» fuhr er gutgelaunt fort. «Wo wir gerade bei dem Thema sind: Ich habe etwas Schönes mitgebracht.»
«Du hast etwas mitgebracht?» sagte Anton – eher mißtrauisch. Was konnte das schon sein – entweder eine abgenagte Vampirzahnbürste – brrr! Oder zerlöcherte Vampir-Wollsocken – igitt! Oder – im besten Fall – eins von Antons Vampirbüchern, die Rüdiger ausgeliehen und bis heute nicht zurückgebracht hatte!
«Warte, ich hole es», sagte der kleine Vampir und lief nach draußen, auf den Balkon. Gleich darauf kehrte er mit einer uralten, verbeulten Ledertasche zurück, die er vor Anton hinstellte.
«Die ist für mich?» Anton musterte das staubige Ding. «Meine Eltern werden bestimmt nicht erlauben, daß ich damit auf die Straße gehe.»
«Das sollst du auch gar nicht!» antwortete der Vampir. «Und außerdem: Die Tasche ist überhaupt nicht für dich.»
«Nicht?» Anton seufzte erleichtert auf.
«Nein. Und der Inhalt auch nicht», sagte der Vampir und kicherte. «Du sollst ihn nur verwahren – als Liebesdienst!»
«Als Liebesdienst?» wiederholte Anton – und eine Ahnung stieg in ihm auf...
«Liebesdienst» – das war garantiert kein Begriff aus Rüdigers Wortschatz!
«Willst du nicht reingucken?» fragte der Vampir kichernd.

«Doch», sagte Anton und zog an dem rostigen Reißverschluß. Dabei bemerkte er einen vertrauten Duft, der sein Herz aufgeregt klopfen ließ; denn dieser Duft bestätigte seine Ahnung: Es war Mufti Ewige Liebe – Annas Parfüm!
«Du hast ja überhaupt keine Kraft in den Fingern», meinte der Vampir, der Antons vergebliche Anstrengungen beobachtete. «Komm, laß mich mal machen!»
Er nahm Anton die Tasche ab und zerrte an dem Reißverschluß, bis er sich langsam, mit einem quietschenden Geräusch öffnete. «Na bitte!» sagte er sehr selbstzufrieden.

«Man muß nur kräftig genug dran reißen – ganz, wie es der Name sagt.»
Mit einem Grinsen reichte er Anton die geöffnete Tasche. «Hier!»
Beklommen musterte Anton den Inhalt: Wie er schon vermutet hatte, enthielt die Tasche Annas Spitzenkleid und den Schleier.
«Und die soll ich jetzt aufbewahren?» fragte er mit rauher Stimme.
«Du sollst?» Rüdiger kicherte. «Du darfst!»
«Aber ich habe schon so viele Sachen, die ich verstecken muß», wehrte Anton ab. «Den alten Anzug und den Zylinder und den Umhang...»
«*So* viele sind das nun auch nicht!» entgegnete der kleine Vampir belustigt. «Und außerdem – den Vampirumhang muß ich heute wieder mitnehmen; sonst kriegen wir Ärger bei der Inventur.»
«Ihr macht schon wieder Inventur?» fragte Anton betroffen.
Der kleine Vampir nickte düster. «Nach jedem Umzug! Wenn diese blöde Inventur nicht wäre, würde ich mich noch viel mehr auf unsere alte Gruft Schlotterstein freuen! Da heißt es Streichhölzer zählen, Kerzen, Kuscheldecken, Regenhäute...»
«Aber dann darfst du das Spitzenkleid und den Schleier auf keinen Fall bei *mir* lassen», sagte Anton – sehr erleichtert, daß er nun einen Grund hatte, Rüdiger das Kleid und den Schleier wieder mitzugeben. «Die wird Tante Dorothee doch als erstes vermissen, wenn ihr Inventur macht!»
«Vermissen? Tante Dorothee?» Der kleine Vampir lachte krächzend. «Ausgerechnet Tante Dorothee!» sagte er und

schnappte nach Luft. «Sie hätte die Sachen um ein Haar verbrannt.»
«Verbrannt?» rief Anton erschrocken.
«Ja! Es hat einen Riesenkrach gegeben, weil Anna die Sachen nicht hergeben wollte. Aber Tante Dorothee hat gesagt, in dem Kleid sei Anna eine Schande für die ganze Sippe. Daraufhin ist Anna erst recht wütend geworden! Als alles Reden nichts genützt hat, hat Tante Dorothee eine brennende Kerze von der Wand genommen und die Flamme an den Schleier gehalten – jawohl!»
«An den Schleier gehalten?» sagte Anton und warf einen Blick auf den Schleier. «Aber es sind überhaupt keine Brandlöcher zu sehen...»
«Tja – mein Verdienst!» antwortete der kleine Vampir prahlerisch.
Er räusperte sich und setzte eine wichtige Miene auf. «Jetzt wirst du hören, wie selbstlos ich meiner kleinen Schwester geholfen habe!» fuhr er in salbungsvollem Ton fort – einem Ton, der Anton sehr bekannt vorkam:
«In diesem tragischen Augenblick, als Tante Dorothee sich mit der Kerze dem Schleier näherte –»
«Sich näherte?» wiederholte Anton. «Eben hast du noch gesagt: sie hielt die Kerze *an* den Schleier!»
«He, unterbrich mich nicht dauernd!» zischte der Vampir.
«Und außerdem nervst du mich mit deinen Spitzfindigkeiten! Willst du nun wissen, wie ich Anna geholfen habe, oder nicht?»
«Ja!» beeilte sich Anton zu sagen.
«Also, dann hör jetzt gefälligst zu: In diesem tragischen Augenblick, als Tante Dorothee sich mit der Kerze dem

Schleier näherte, kam *ich* des Weges, um die *Chronik der Familie von Schlotterstein* wieder ordnungsgemäß in den Sarg meiner lieben Großmutter zu legen. Mir gelang es, den Streit zu schlichten, indem ich das Kleid und den Schleier an mich nahm und Tante Dorothee mein – äh – Ehrenwort gab, die Sachen an einen Ort zu bringen, wo Anna sie nicht finden könnte. Nachdem ich gegangen war, kam Anna hinter mir hergelaufen und flüsterte mir zu, ich sollte sie dir bringen, und du solltest sie bei dir aufbewahren. Ja, und hier bin ich also mit den Sachen...»

Er sah Anton an und grinste breit.

Anton schluckte.

Anscheinend blieb ihm gar nichts anderes übrig, als Annas Kleid und den Schleier bei sich zu verstecken...

Büchersammlung

«Und die alte Tasche?» fragte Anton. «Soll ich die etwa auch für Anna aufbewahren?»

«Die Tasche? Nein, wo denkst du hin!» rief Rüdiger entrüstet.

Mit einer heftigen Bewegung packte er die Tasche, leerte ihren Inhalt – das Kleid und den Schleier – auf dem Teppich aus und drückte sie an sich.

«*Meine* Büchertasche!» sagte er zärtlich. «Die gebe ich doch nicht aus der Hand!»

«Büchertasche?» fragte Anton argwöhnisch.

«Ja, die brauche ich für meine Büchersammlung», antwor-

tete der kleine Vampir. «Da kommen alle meine Bücher rein, wenn wir unsere Tour de Sarg fliegen.» Und mit glänzenden Augen begann er die Buchtitel zu nennen: «‹Dracula›, ‹Draculas Rache›, ‹Gelächter aus der Gruft›, ‹Der Vampir von Amsterdam› ...»
«Was?» schrie Anton auf, und alarmiert sah er auf den Läufer vor seinem Bett – dorthin hatte er das Buch gelegt.
Es war verschwunden!
«Du hast das Buch weggenommen», rief er. «Gib es mir sofort zurück!»
«Sag mal, wie sprichst du eigentlich mit deinem besten Freund!» erwiderte der kleine Vampir – unnatürlich milde. «Du brauchst mich gar nicht anzuschreien, ich habe nämlich sehr gute Ohren. Du mußt nur höflich nach dem Buch fragen, dann bekommst du es auch wieder!»
Anton biß sich wütend auf die Lippen.
Aber er wußte, daß es zwecklos war, mit Rüdiger zu streiten, und so sagte er zähneknirschend: «Würdest du mir *bitte* das Buch ‹Der Vampir von Amsterdam› zurückgeben?»
«Aber gerne!» antwortete der kleine Vampir, und mit einem Grinsen zog er unter seinem Umhang das schwarze Buch aus der Freudentaler Gemeindebücherei hervor.
«Siehst du?» sagte er. «Mit Höflichkeit kannst du bei mir alles erreichen.»
«Alles?» Jetzt war die Reihe an Anton zu grinsen. «Dann kriege ich auch meine anderen Bücher wieder: ‹Dracula›, ‹Draculas Rache› und ‹Gelächter aus der Gruft› – wenn ich höflich darum bitte?»
«Die anderen Bücher?» wiederholte Rüdiger mit dumpf grollender Stimme.

«Und was soll dann aus meiner Büchersammlung werden?» rief er.
Doch nach kurzem Überlegen war ihm offenbar etwas eingefallen: «Ja, gut!» sagte er. «Du kriegst sie wieder – aber erst, wenn ich sie durchgelesen habe.»
«Und ich lese sehr, sehr langsam!» fügte er breit grinsend hinzu. «Manchmal brauche ich zwanzig Jahre für ein Buch!»
«Wer's glaubt...» sagte Anton nur.
Aber er hatte ohnehin keine großen Hoffnungen gehegt, die Bücher wiederzukriegen.
«Übrigens...» meinte der Vampir und musterte mit begehrlichen Blicken den «Vampir von Amsterdam», der nun auf Antons Nachttisch lag. «Wenn du mich fragst, hätte ich mir eine Belohnung verdient. Immerhin mußte ich ganz schön weit fliegen – und dann noch mit leerem Magen...»
«Ich frag dich aber nicht!» erwiderte Anton. «Und außerdem gehört mir das Buch überhaupt nicht!»
«Es gehört dir nicht?» wiederholte der Vampir verblüfft. Dann erschien ein verschwörerisches Grinsen auf seinem Gesicht. «Ach so», sagte er. «Du bist auch dabei, dir eine Büchersammlung anzulegen!» Er lachte dröhnend.
«Genau! Und wenn ich nicht so... so egoistische Freunde hätte, wäre meine Sammlung schon viel umfangreicher», antwortete Anton mit grimmiger Miene.
«Egoistische Freunde?» kicherte der kleine Vampir. «Komisch, was *du* für Leute kennst...»
«Allerdings!» sagte Anton.
«So, und jetzt muß ich gehen», erklärte der kleine Vampir.

Blitzschnell griff er nach dem «Vampir von Amsterdam» und ließ ihn unter seinem Umhang verschwinden.
«He, das Buch! Gib es sofort zurück!» rief Anton.
«Wieso?» tat der Vampir überrascht. «Wir haben uns doch geeinigt, daß ich es als Belohnung bekomme – für meinen Liebesdienst.»
«Geeinigt?» Einen Moment lang war Anton sprachlos. Aber dann sagte er: «Na schön, meinetwegen – wenn ich den Vampirumhang behalten kann.»
«Was, den Umhang? Bist du denn von allen guten Vampiren verlassen?» rief der kleine Vampir. «Willst du, daß Anna und ich Gruftverbot kriegen, weil der Umhang fehlt?»
«Nein!» Anton grinste. «Ich will nur das Buch zurückhaben.»
«Du gönnst mir aber auch gar nichts!» zischte der Vampir und legte das Buch auf den Nachttisch. «Und jetzt gib mir endlich den Umhang», herrschte er Anton an.

Kein Abschied ist für immer

Anton ging zum Schrank und holte den Vampirumhang. Ohne ein Wort des Dankes stopfte der kleine Vampir den Umhang in die alte Ledertasche. Dann zog er mit einem kräftigen Ruck den Reißverschluß zu.
«Mußt du wirklich schon gehen?» fragte Anton.
«Ja!» knurrte der Vampir.
«Ich dachte, wir könnten zusammen noch etwas unternehmen...»

«Was denn?»
«Ich weiß auch nicht genau... Aber sonst ist es gar kein richtiger Abschied vom Jammertal!»
«Du wolltest ins Jammertal?» fragte der Vampir und lachte heiser. «Hast du Sehnsucht nach Anna?»
«Nein.» Anton räusperte sich verlegen. «Ich wollte nur noch mal einen Blick auf die Ruine werfen. Wer weiß, ob wir je wieder herkommen...»
«Kein Abschied ist für immer!» entgegnete der kleine Vampir mit Grabesstimme. «Alter Kleiner-Vampir-Spruch!»
«Aber jetzt muß ich dringend etwas gegen meine Magenbeschwerden tun», fügte er hinzu und verzog die Mundwinkel.
«Magenbeschwerden?» fragte Anton teilnahmsvoll.
«Ja! Mein Magen knurrt nicht mehr, der bellt schon!» sagte der Vampir und lachte krächzend. «In diesem Zustand kann ich unmöglich an der Nagelkür teilnehmen.»
«Ist die heute abend?»
«Ja, um Mitternacht», antwortete der kleine Vampir, und mit sichtlichem Stolz betrachtete er seine Fingernägel, die allerdings nur halb so lang und spitz waren wie die von Lumpi.
«Ich muß jetzt fliegen», sagte er. «Aber wir werden uns ja bald wiedersehen – bei dir zu Hause oder in unserer guten alten Gruft Schlotterstein!»
Er hängte sich die Ledertasche über den Arm und ging zur Balkontür.
An der Tür blieb er noch einmal stehen und meinte: «Auf bald, Anton. Und denk dran: Wiedersehen macht Freunde! Uralter Kleiner-Vampir-Spruch!»

Mit diesen Worten breitete er die Arme aus und erhob sich in die Luft.
«Viel Glück für die Tour de Sarg!» rief Anton ihm hinterher.
«Ebenfalls!» wünschte der Vampir mit knarrender Stimme.
Dann hatte ihn die Dunkelheit verschluckt.

«Ich hoffe, Sie behalten Freudental in guter Erinnerung!» meinte Frau Tugendhaft am nächsten Morgen.
«Von den Schwierigkeiten mit der verletzten Hand einmal abgesehen – sogar in sehr guter», antwortete Antons Mutter. Und indem sie an sich herunterschaute, meinte sie: «Nur das Essen bei Ihnen, das war vielleicht etwas *zu* gut!»
«Ja! Und wenn sich die Schmerzen nicht verschlimmert hätten, wären wir gerne geblieben», versicherte Antons Vater.
«Und du, Anton?» fragte Frau Tugendhaft. «Bist du denn auch zufrieden – wenigstens ein kleines bißchen?»
«Ich?» sagte Anton gedehnt, obwohl er die Frage erwartet hatte. «Hm, ja... das Essen war gut, der Balkon war gut, das Buch war gut...»
«Ach ja, das Buch», meinte Frau Tugendhaft. «Du darfst es behalten, wenn du willst.»
«Als kleines Trostpflaster sozusagen», sagte Antons Vater und lachte verlegen.
«Als Trostpflaster?» wiederholte Anton – und angesichts des dicken, mit Heftpflaster umwickelten Verbandes, den sein Vater trug, fiel es ihm schwer, nicht zu grinsen.
«Hat Mutti denn nichts dagegen?» fragte er.

Die Wangen seiner Mutter hatten sich rosig verfärbt.
«Nun ja, du weißt, daß ich nicht gerade ein Fan von Vampirgeschichten bin!» Sie räusperte sich.
«Aber ich finde», fuhr sie fort, «daß du reifer und vernünftiger geworden bist, Anton. Und vielleicht kann das Buch dir helfen, noch besser darüber hinwegzukommen, daß dieser... dieser Rüdiger von Schlotterstein und seine Schwester Anna aus unserer Stadt weggezogen sind – und daß die Zeit, die ihr miteinander hattet, nun endgültig vorbei ist.»
Anton biß sich auf die Zunge, um nicht zu lachen.
«Kein Abschied ist für immer!» erklärte er so würdevoll wie möglich.
«Genau!» pflichtete ihm Frau Tugendhaft bei. «Und deshalb wäre es schön, wenn Sie und Anton in nicht allzu ferner Zeit wieder einmal nach Freudental kämen.»
«Aber gern doch», antwortete Anton, und in Erinnerung an Anna fügte er grinsend hinzu: «Kommt Zeit, kommt Zahn!» – was natürlich nur als Scherz gemeint war; denn auf keinen Fall wollte er, daß Anna Zähne – richtige Vampirzähne – bekam.
Wie erwartet, machten Antons Eltern ziemlich fassungslose Gesichter, und auch Frau Tugendhaft warf Anton einen verständnislosen Blick zu.
«Also dann... Auf Wiedersehen», sagte Anton vergnügt, und mit hoch erhobenem Kopf spazierte er zum Auto seiner Eltern, das schon für die Heimfahrt gepackt war, und nahm auf dem Rücksitz Platz.

Der kleine [illegible]

Der kleine [illegible]

Der kleine [illegible]

[illegible]

4013/1

Spiele- und Beschäftigungsbücher

Knobeln, drudeln, rätseln, reimen, kochen, basteln – dabeisein ist alles.

Evi u. Hansjörg Langenfass
Comic-Kochbuch *Heiße und kalte Tips für Kochkönige und Katastrophenköche*
(rotfuchs 212)

E. Kahlert / F. Kohlsaat
Rätselkiste
(rotfuchs 290)
Sagt mit, bitte, liebe Leut'
was das für ein Ding bedeut':
Dieses Ding hat sieben Häut'
und das Ding beißt alle Leut'
bis die bittre Tränen weinen.
Was für'n Ding werd ich
wohl meinen?

Witzekiste *Bilder, Witze, Rätsel, Reime, Fabeln und Geschichten*
(rotfuchs 253)
Zwei Hasen werden von einem schwarzen Pudel verfolgt. Sie laufen, schlagen Haken und können endlich den Hund abschütteln. Etwas außer Atem setzen sie sich nieder, um auszuruhen. Plötzlich taucht hinter einem Hügel ein weißer Pudel auf. «Mensch», ruft da der eine Hase, «jetzt müssen wir aber noch einen Zahn zulegen. Der verdammte Hund hat schon seinen Pullover ausgezogen.»

Krimikiste
(rotfuchs 409 / ab 9 Jahre)
In diesem Buch gibt es nur eine Leiche, und das ist eine dumme Gans. Aber Müllmänner und Füchse geraten in Verdacht und Bürgermeister und Hasen in Teufels Küche ...

rororo rotfuchs

Poesiekiste *Sprüche fürs Poesiealbum*
Herausgegeben von Joachim Fuhrmann. Bilder von B. Kaip
(rotfuchs 274)

Eve Marie Helm
Die Rätselhexe *Erster Lesespaß*
Bilder von Margit Pawle
(rotfuchs 538 / ab 6 Jahre)
Eine Geschichte zum Mitraten für Leseanfänger.

F. K. Waechter / Bernd Eilert
Die Kronenklauer
(rotfuchs 448)
Eine wahre Wundertüte, randvoll mit Späßen und Überraschungen. Man kann in und mit diesem Buch lesen, falzen, raten, reimen, malen und singen.

Natias Neutert
100 Tricks und Zaubereien
(rotfuchs 119 / ab 8 Jahre)
Ein «kleiner Ratgeber» für Zauber- und sonstige Trickssereien. Alle Tricks und Tips sind mit verständlichen Anleitungen beschrieben und bebildert.